うさミミ課長
～魅惑のしっぽ～
権人はようやく拘束の手を緩めると、孝明の頭に生えているウサギの耳を、
そろりと撫でた。彼の温かい手がウサギの耳の根元から先端まで滑る。
悪くない気分だ。

うさミミ課長《かちょう》 ～魅惑《みわく》のしっぽ～

あすか

ILLUSTRATION：陵《みささぎ》クミコ

うさミミ課長 ～魅惑のしっぽ～

LYNX ROMANCE

CONTENTS

うさミミ課長
～魅惑のしっぽ～

今日のプレゼンテーションはどうしても成功させなくてはならない。

長谷川孝明《はせがわたかあき》は、中規模の菓子パン会社の営業管理部、新商品企画課B班の課長だ。今日は、菓子パンの新商品の経過を発表する、待ちに待った日だった。

孝明は、サラリとした前髪を脇に払い、細いフレームの眼鏡を人差し指で押し上げる。

資料の不備はないか、どんな質問にも答えられるよう、シミュレーションはうんざりするほどやってきた。他に足りないものはなかったか——。

「……ふう」

考え込むと周囲に冷気をまき散らすと言われているので、眼鏡を外して眉間《みけん》の皺《しわ》を伸ばした。

冷気など人間が吹き出せるわけなどないが、そういう雰囲気が漂うのだろう。こちらはそんなつもりなどサラサラないので、誤解されないよう気をつけているのだが。

昔から人を威圧する美貌《びぼう》を持つと言われて、目が合うと大げさに逸らされてきた。睨《にら》んでいるつもりはないのだが、他人からはそう見られがちだ。せめて表情を和《やわ》らげようと努力はしてきたつもりだが、結果は出ていない。

父親はごく普通の容姿だが、母親は女優のような美貌を持っている。

子供二人を産み育て五十を越えたというのに、未《いま》だ美しさは衰えない。そんな母に、既婚者であることを知りながら誘いをかける男も後を絶たない。

孝明はそんな母に似た。

子供の頃から様々な芸能系のスカウトがやってきたが、孝明に興味はなかった。両親も、子供の希望が優先と、無理強いすることはなかった。

小学生まであだ名は『フランス人形』。中学生になった頃には『王子』。高校生になったら『男宝塚』。大学生になると『穴蔵の貴公子』。

最後のはいつも図書館で勉強ばかりしていたので付いたのだろう。

あだ名の変遷に繋《つな》がりがないのは不思議だが、無愛想だからといっていじめられたことはない。

ただ、この容姿のおかげで、就職活動に苦戦を強《し》いられた。

孝明はキャラクターものを作る企画部で働くことを希望していた。だから片っ端からそういう会社を選んでは、就職活動をしていたのだ。そこで学歴は申し分なくとも、孝明の容姿がネックになった。

君は役者になった方がいいよ、モデルの派遣会社を紹介しよう、うちにこれほどの学歴の人物はちょっと……と、二桁断られた。同じ大学の同級生がみなすんなり希望の会社に内定をもらっていたことを思うと、あり得ない事態だったそうだ。

職種を考えた方がいいと、ずいぶんと学校側からも忠告されたが、幼い頃からの夢を諦めるわけにはいかなかった。

母からは外見を強く、内面は数学教師である父親の頑固さを受け継いでいるようだ。

もうここが受からなければ、就職浪人するしかないと半ば諦《なか》めかけていたところ、中小製パン会社の『パンの王冠』から内定をもらえた。

ようやくここまできた――。

孝明は用意した資料を一部、手に取った。

表紙には社外秘のスタンプが捺《お》され、一枚目を捲《めく》ると商品の写真が現れる。

長い耳を二つ持つ、うさぎのパン。

目と鼻と口はチョコを混ぜた生地を付け、可愛《かわい》く仕上げた。

これが発売されたら、うちが出しているパンの中で、一番の長さになる。見た目のインパクトを追求して、耳の部分を長くしたのだ。

小麦の代わりに米粉を使い卵を使わない。アレルギーの人も安心して食べられるものにした。

手触りはうさぎの持つあの極上の柔らかさを、食感はしっかりもっちりしたものを目指した。

孝明の夢は、究極のうさみみパンを作ること――。

そのアイデアが通って一年。

ようやく検討会議までこぎ着けた。

早いものでは、アイデア出しから半年ほどで新製品の発売が決まる。

この新商品に関しては、絶対に失敗したくなかったので、できる限り時間を掛けて妥協を許さずに取り組んだ。

そして今日、ようやくできた試作品と、パッケージデザイン案などの資料を、上層部に披露する。もっとも商品が全国に並ぶのをゴールとすると、今はちょうど中間点だ。試作品ができたからといって喜んではいられない。

すでにA班は妖怪《ようかい》パンをヒットさせていて売り上げ記録更新中。C班は今週、おにぎりパンを発売する。遅れを取るB班のうさみみパンはここにきて販売の日が見えてきた。

もっともまだ越えなければならないハードルはあって、安心はできないが。

遅いな――。

生産部に試作品を取りに出かけた部下の池《いけ》田《だ》櫂《かい》人《と》が、まだ戻ってこない。会議まであと十五分。そろそろ移動しなくてはならない。

孝明は配布用の資料の角を整えながら、ふと目に入ったポスターに、奥歯が強く合わさった。

社内の壁に貼られた、現在売り上げトップの『妖怪パン』のポスター。孝明から見て、あのキャラクターパンは可愛いというより、不気味だ。

けれど一般の評価は違うらしく、キモ可愛いといって女子高生に特に人気だった。小学生はパンと共につけられているおまけのカードに夢中だ。

うさみみパンと同じ時期に出された企画だったが、先に新商品として販売された。

アミューズメントパークやゲームなど空前の妖怪ブームの波に乗り、妖怪パンはパン業界の大ヒット商品となっている。

ただでさえ菓子パンはそうそう大ヒットが出ない。そのヒット商品にしたいと、大事に育ててきたうさみみパンが、未だ企画段階なのは悔しいが、巻き返しはこれからだ。

キモ可愛い妖怪より、愛らしいうさぎの方が絶対にいい。

妖怪カードよりうさぎカードだ。猫カフェよりうさぎカフェだ。妖怪の次は絶対にうさぎがくる——はず。

孝明にとってうさぎは特別な動物なのだ。あの可愛らしさを世に広げるため、うさみみパンは絶対に成功させなければならない。

「長谷川課長、試作品です。遅くなってすみません」

部下の櫂人が段ボールを抱えて戻ってきた。

去年入ったばかりの新人だが、頭の回転が速く何事もよく気づく。仕事に対する意欲が去年の新人の中で一番強く、孝明の後をいつも追いかけて、熱心に仕事の話をしてくる。

冷たい印象で話しかけにくいと言われる孝明と違い、彼は陽気で人好きのする男だ。

身長は百九十近くあり、細身なのに筋肉はしっかりついている。孝明のように痩《や》せすぎを心配されることはない。

彼の瞳は常に生命力に溢《あふ》れ、爽やかな笑顔が女子社員に人気。今年のバレンタインでは社内で一番チョコをもらったらしい。

よく見ると赤みがかった髪は、綺麗《きれい》に整えられていて、清潔感がある。

まだ学生の雰囲気が残っていて笑うとやけに子供っぽい。

目鼻立ちはバランスよく、唇はほんの少し厚い。笑うと覗《のぞ》く犬歯が、ちょっとした野性味を彼に与えている。

もっとも、年下のくせに強引で態度がでかいところが、玉に瑕《きず》だが。

「ああ、見せてくれ」

耀人が段ボールを開けると、透明なビニール袋に一つずつ小分けされたパンが現れた。生地の色は、真っ白、ややベージュ、濃いベージュ、茶色の四種類用意した。味は変わらない。

けれど孝明はやはり白い生地のパンが気に入った。

「想像していたとおり、白いパン生地がうさぎらしくていい」

「アンケートでは真っ白なものより、少し焼き色がついた方が、好まれたんじゃなかったです？」

「そうだ」

食欲をそそるのはほんのり色がついたものだ。真っ白はどういうわけか歓迎されない。アンケートでも焼き色のついた方が好まれる傾向があった。

だから生地にはミルク味をつけた。パッケージに『ミルク味』と記載すると、白いパン生地のものが選ばれる確率が上がるだろうと予想したのだ。

「ミルク味がどこまでこの白い生地をカバーしてくれるか……だ」

「白い生地にどうしてそこまでこだわるんです？　別に茶色でもいいんじゃないですか？」

「うさぎといえばやはり白色に赤目だ」

「うさぎって、耳の小さいものや、茶色や、まだらの種類もいますよ」

「いや、うさぎは白色に赤目だ。それ以外、実は奨めたくないし、選ばれたくもない。これが私のこだわりだ。言っておくが他のうさぎに対する差別ではない。単なる私の好みだ」

「分かりました。では白生地一押しで行きましょう。俺……長谷川課長のそういうこだわりも大好きだな。心から尊敬してるんですよ」

心なしか『大好き』の『大』の字にやけに力が入っているように聞こえたが、気のせいだろう。

彼は日に何度も孝明に対して『黙々とがんばる課長が好きだ』や『クールな目が素敵です』、『課長の部下で俺は世界一幸せ者』など、身に余る賞賛を口にして、孝明を困らせている。

やめなさいと注意すると数時間は収まる。なのにしばらくすると何事もなかったように、気恥ずかしくなる褒《ほ》め言葉を並べたててくるのだ。

ごまをすっているのか、それとも本当に孝明を尊敬しているからか、彼はあまりにも熱心な目を向けてくるので、判断がつかない。

ただ櫂人がそういった言葉を向ける相手は孝明だけで、誰にでもというわけではないようだ。

最近の若者が何を考えているのか、よく理解できない。

対応に困って冷たく突き放すと、表情こそ変わらないが傷ついた目をする。それも可哀想《かわいそう》なので、できるだけ当たり障りのない返事を心がけていた。

櫂人はおおらかで些細《ささい》なことにこだわらないように見えるが、意外と繊細なところもあるのだろう。

「それは光栄だな」

「長谷川課長、その右手の人差し指……どうしたんです？」

絆創膏《ばんそうこう》を貼った指を見て、櫂人が心配そうに尋ねてきた。

「昨日、友人の研究室に行ってきたんだが、そこで飼われているうさぎに嚙《か》まれたんだ」

「嚙まれた！　消毒はしたんですか？　ちゃんと薬を塗りました？」

「慌てるほどのことじゃない。少し血が出ただけだ。一応、東海林《しょうじ》……いや、友人が消毒して薬を塗ってくれたよ」

東海林柊理《しゅり》は孝明の学友で、現在、東都大《とうと》で透明アルミニウムの研究をしている准教授だ。

彼の大学の自室では、研究には関係ないのだが、モルモットやネズミ、うさぎを飼育している。孝明はうさぎに会うためよく訪ねていた。

昨日はケージの隙間《すきま》から指を差し込んで、うさぎの耳を撫《な》でようとして、噛まれた。

今までどれほど撫でてもおとなしくしていたのに、昨日は珍しくうさぎの機嫌が悪かったのだろう。人間だってそんな気分のときはある。

「友人ですか」

「そうだが、どうした？」

「よく東都大に行かれていますよね。その人、本当に友人ですか？」

「そうだ。私にも少ないが友人はいるぞ。まあ……君ほどではないがね」

初対面であっても目が合った次の瞬間に仲良くなってしまう櫂人だ。友人も多いに違いない。

こういう人間を『人たらし』と言うのだろう。

「えっ。俺、俺も友達はたくさんいませんよ。あっ、ちなみに恋人もいないなあ。実は絶賛募集中なんです」

「恋人募集は女性の方を向いて言いたまえ。私に言ってどうする。ああ、いや、よせ。社内ではやめておけ。セクハラになりかねん」

「はは。じゃあ、長谷川課長だけにしておこうかな」

へへっと笑う櫂人に、孝明は首をひねった。会話が通じているようで通じていない。

「君は……あれだ。天然というやつだな」

真顔で孝明がそう指摘すると、櫂人は眉根を寄せて「天然は課長でしょう」と小さく呟《つぶや》いた。

「……何か言ったか？」

「いえ、何も。さあ、今日の会議、がんばろう……って自分に言い聞かせてました」

「当然だ」

そのために妖怪パンの成功を尻目に、うさみみパンの開発に没頭してきたのだ。今日の山を越えて、一気に全国発売までこぎ着けたい。

櫂人と目が合うと、彼は信頼しきった目を孝明に向けて、微笑《ほほえ》んだ。

彼はいつも子犬のように孝明の後を追いかけ、仕事を学ぼうと努力している。ときにこちらの考えを読んで先回りし、望んでいた結果を出してくれる。そんな櫂人に驚かされたのは一度や二度ではない。彼はこの仕事が好きで好きでたまらないのだ。

与えた仕事しかできない新人も多い中、櫂人は違う。

彼は仕事をどうすればよりよくできるのかを常に考え、実行する。そのひたむきさは何物にも代えがたいものだ。

彼はいずれ孝明を越えて出世するだろう。彼には孝明にない人当たりの良さや、目上の者に好かれる徳があったからだ。もしかすると最短で重役にまで昇り詰めるかもしれない。

自分が育てた部下に、その日がやってくるのを密《ひそ》かに楽しみにしているが、今ではない。

「まずは上層部を納得させなくてはな」

「準備は万全。課長には俺が付いてますから。絶対大丈夫です」

「……そうだな」

まあ、熱くなりすぎるな……と、耀人を宥《なだ》めつつ、会議室へ向かった。

ふと頭頂部に痒《かゆ》みを感じたが、緊張からくるものだろうと、気にしなかった。


社長、役員、各部署の代表は、孝明の説明を聞きながら、スクリーンに映し出される資料を真剣な顔で見つめている。

孝明はうさみみパンの説明を熱心に続けた。不安はなかった。

アレルギー対応商品はどうしてもコストが掛かり、原価が上がる。しかも耳の部分が長いため、本来は専用の機械が必要になるのだが、現行のものでなんとか対応できるよう、生産ラインを手配してもらった。

それでも価格は普通の菓子パンよりも上がる。が、アレルギー対応商品ということで消費者には納得してもらえるはずだった。

「都内十カ所の幼稚園で無料配布した結果、子供の反応はよく、もう一度、食べてみたいという回答も多く寄せられました。保護者の評判もおおむねよいものでした」

「一年前のモニターテストでは高評価は三十パーセント止まりだったな」

専務の高木《たかぎ》に問われ、孝明はさらに説明を続けた。

「はい。その点は最初のアンケートを参考に、外はふんわり中はもっちりの食感にするため米粉を使用。ネズミと言われた見た目も、新たなデザイナーに依頼し、うさぎらしくしました。耳の部分を伸ばして見た目のインパクトも追加しました。味は現在のところミルク味一種類ですが、それは発売後様子を見て別の味も追加できたらと考えております」

孝明がそう言い終えると、会議の参加者はそれぞれ隣と話し合う。中にはパンを千切って味見をしつつ、頷《うなず》く者もいた。

感触は悪くない。

傍《かたわ》らに座ってパソコンを操作し、資料をスクリーンに表示させている櫂人も、口元に笑みを浮かべている。

うさみみパンがとうとう店頭に並ぶ――。

棚にずらりと並んだうさみみパンを思い浮かべ、孝明は胸が熱くなった。

うさぎの可愛さを、世に知らしめることができる。それにはあともう一息だ。

孝明がうさぎのことで頭をいっぱいにしていたら、また頭から痒みが襲ってきた。毎日、風呂に入り髪も洗って清潔にしている。痒くなるわけがない。

きっとストレスだろう。

孝明は頭の痒みから意識を逸らせるよう会議室を見渡して、みなの反応を窺《うかが》った。

「……そうだな、悪くないな」

「いいんじゃないですか」

そんな声が聞こえ始めたが、一人だけ唸っている者がいた。他の誰が異議を唱えても、彼だけは味方につけたいとみなが思う、社長だ。

「社長、ご意見がございましたらお聞かせください」

「味も悪くないし、食感もいい。棚に並べられると、みみが長くてパッと目につくだろう。そう……悪くないんだが。それだけなんだよ。もっとこう……これがうさみみパンだという売りが欲しい。動物系はそれなりに売れるが……どう見てもありきたりだ」

社長の眼鏡にはかなわなかったようで、予想もしなかった言葉を告げられ、孝明は困惑していた。

「……売り……ですか」

他のパンより長くした。見た目のインパクトは十分だ。それにアレルギー対応商品でもある。なにより、うさぎのもつ柔らかさと愛らしさがたっぷり表現されているパンだ。

なのに何故、この完璧なうさみみパンに、さらなる売りが必要なのだ。

「そうだ、売りだ」

「たとえばどのようなものでしょう」

「それは君が考えることだ。私ではないぞ」

確かにそうだ。

けれど孝明は全てを出し切った状態で、今日このうさみみパンを披露した。これ以上の付け足しは不要だ。すでに完璧だからだ。

だから社長からさらなる売りを求められても、なんのアイデアも出てこない。思考は回らないのに、頭だけは先ほどより痒みが増した。

どうしてさっきから頭が痒いんだ。いや、頭の痒みに気を取られている場合ではなかった。

なんとしてもうさみみパンのすばらしさを社長に理解してもらわなくてはならない。

「あまり奇をてらうと、逆に他の商品に埋もれてしまう気がします」

「奇をてらえとは言ってな……はっ……長谷川君！」

社長は何故か孝明の方を指差して、まるでお化けでも見たような顔をしている。

こんな社長の顔は初めて目にした。孝明の背後はスクリーンしかないが、何かがあるのかと思わず振り返って、確かめたほどだ。

「……何か？」

視線を戻した孝明が見たのは、会議室にいる人間がみな自分に注目している姿だ。

いいや、注目というより、凝視といったほうがいい。そこには驚きだけでなく、興味という不思議な感情が見て取れた。中には失笑としか思えない笑みを浮かべている者もいる。

孝明はふたたび背後を確認した、が、やはり誰もいない。スクリーンにはうさみみパンのアンケート結果が映し出されているだけだ。

ふと傍らでパソコンの操作をしている櫂人を見下ろした。彼は目を丸くして、口を半開きにしたまま、孝明の顔……ではなく、正確には頭を凝視していた。

「……池田君、どうした？」

櫂人は口をパクパクとして言葉を出さず、先に社長が言った。

「その頭は一体どういうつもりなんだね」

「頭……ですか」

何故、社長や会議室にいる者達は孝明の頭ばかり見ているのだ。何かゴミでもついているのだろうか。

孝明が頭に手を伸ばそうとした瞬間、櫂人が立ち上がった。

「かっ……課長！」

「どうした？」

　耀人は何故か孝明に力強く頷くと、次に社長のほうを向いて言った。

「このうさぎの耳は、課長の新商品にかける意気込みを表していらっしゃるのです！」

　このうさぎの耳――？

　孝明は信じがたい言葉を耳にして、首を傾げた。

「……君、何を言ってるんだ」

　耀人は孝明の耳元に顔を近づけると、小声で告げた。

「課長、ここは俺に任せてください。後で説明しますから。この危機は俺が乗り切ります」

「危機とはなんだ？」

「後でご説明します」

　腕を掴《つか》み、必死の形相をしている耀人に、孝明は押されるまま「君がそう言うなら……」と答えた。

　孝明が口を閉じると、耀人はふたたび社長に言った。

「私は課長をお止めしたのですが、うさみみパンを認めていただくためにはなんでもするとおっしゃって、このような髪飾りをつける決心をされました」

　髪飾り――!?

　そんなものつけた覚えはない。

確認しようと伸ばした手は、櫂人によって摑まれ、戻された。今はやめておいたほうがいいのだろう。孝明は諦《あきら》めてこの場を櫂人に任せることにした。

「……」

しばらく会議室には沈黙が続いた。

それを破ったのは社長だった。彼は賞賛するように手を叩いて、頷く。

「堅物で融通が利かないと評判の長谷川君がそこまでするとは……私は感動している」

社長の一言が場の雰囲気を和やかにした。

だが、孝明は納得がいかない。そこまでするとは、一体なんのことだ。

「おお。そうだ。このパンの商品名は『うさみみ課長のパン』だ」

「……少々長い気がいたしますが」

「中途半端な長さより、長すぎるくらいがいいんだろう。長いパンに長い商品名。いいじゃないか！」

どのような案件も最終的な決定権を持つのは社長だ。発売が決まっても、最後の段階で中止にも延期にもできるのが社長だ。

孝明にとっては長すぎる商品名も、社長がこれだと言えば、決定する。

「うさぎの顔に君と同じ眼鏡を掛けてやるといい。今日の私は冴《さ》えとるな」

「えっ、それは……可愛くな……」

社長のあり得ないセンスに思わず抗議しようとしたが、櫂人に遮《さえぎ》られた。

「すぐに生産部と相談して、可愛い眼鏡をつけるようにします！」

「長谷川課長っぽくしてもらえ」

「はい」

「みな、この長谷川課長のやる気を見習うように」

相変わらず社長は手を打ち鳴らし、孝明を称《たた》えている。他の者もそれに倣《なら》うように手を叩《たた》いていたが、一様に引きつった笑顔を浮かべていた。

「長谷川課長。君の熱意は素晴らしい。久しぶりに感激したよ。発売を迎えるまで社内でもその耳をつけてがんばってくれたまえ。私が許す」

「……はい。ありがとうございます」

とりあえず孝明はそう言い、会議は無事終わった。

社長が退出した後、残った者達はみな孝明を目の端で捕らえ、なにやらヒソヒソと囁《ささや》いている。けれど目が合うと、さっと視線を逸らして、関わりを避けるよう会議室から出て行った。

「……？」

「長谷川課長、片付けは後でしますから、ちょっとトイレまで来てください」

櫂人は孝明の腕を摑み、引っ張ってくる。孝明は促されるまま会議室を出て、男子トイレに入った。

櫂人は他に誰もいないのを確かめてから、男子トイレの扉に鍵を掛けた。

「池田君、何がどうなっているんだ。みな私の頭ばかり見ていたぞ」

「頭を見ていたわけじゃないんです。場所は合ってるんですが……」

「なんだ!?」

「見た方が早いです」

櫂人は、洗面台に取り付けられた鏡を指差し「課長、鏡を見てください」と、言った。彼の指差す方に顔を向け、鏡に映る自分の姿を見た。

頭上に何か見慣れないものがある。左右に一本ずつ。白くて長い。短い毛が生えている。どの角度から確認してもよく知っているものにしか見えないのだが、生えている場所が問題だ。

「……ん？」

首を傾《かし》げると、同じように頭にあるものが斜めになる。首の位置を戻すと、同じように戻った。

「池田君、何か生えているよ」

「はい。課長が社長と話している間に……突然、生えてきました」

自分の頭から生えているのは、うさぎの耳だった。

頭の角度を変えて、確かめる。どこから見てもやっぱりうさぎの耳だ。

「本物……みたいだぞ」

恐る恐る手で触ってみると、温かかった。短い毛の感触。内側に浮き出た細い血管も、フロリダホワイトと呼ばれる種類のうさぎのものだ。

「血が通っているぞ」

「俺も触っていいですか？」

「ああ、いいぞ」

燿人の指先がうさぎの耳を摘《つま》んだ。不思議と彼の指の形まで分かる、鋭い感覚が伝わってくる。驚くほど新鮮だ。

「どんな感じだ？」

「あ……温かいです」

「そうだな。柔らかくもある」

「手触り満点です」

触れたときと同じようにゆっくりと手を離し、燿人は感嘆のため息をついた。孝明は自由になったうさ耳をじっくり観察しようと、洗面台に手を置いて鏡に顔を近づける。

「どうして生えてきたんだろうか……」

「俺にも分かりません」

「……うさぎに対する私の愛の強さが極限まで達し……耳を生やしてしまったのか!?」

「それで動物の耳が生えていたら……猫好きも犬好きもみんな耳が生えてます」

「なら……何故私の頭に生えてきたんだ？」

「超常現象とか」

「……私のうさ耳と、変なものを一緒にするな」

「すみません」

それにしてもどうしてうさぎの耳が生えてきたのだ――。

孝明が鏡に映ったうさ耳を見つめながら、原因を記憶の中に探す。頭からうさぎの耳が生えているのだから、原因はもちろんうさぎだろう。ならどのうさぎだ。

幼い頃からうさぎが好きで、この年になっても密かにうさぎカフェにも通っている。だが一ヶ月ほど前の話だ。今は忙しくてうさぎカフェに行けないのだ。

「……あ」

「何か思い当たる節でもあるんですか？」

「昨日、東都大でうさぎに噛まれた」

「それは聞きましたけど……噛まれたからってうさぎの耳は生えないでしょう」

「他に思い当たる原因がない」

うう～ん……と、唸《うな》りながらもうさぎの耳をじっくりと観察する。

人間の頭に生えるものとしては間違っているだろう。けれど、こうしてみると意外と悪くない。また不快感もない。

「課長……原因究明は後回しにして、病院に行きましょう」

「いや、いい」

「いいって……？」

「言葉のままだ。これでいい」

せっかく生えてきたのだ。こんな経験ができる人間はそういないだろう。

孝明は珍しく鏡に映った自分の姿を見て、微笑んだ。

「いいんですか!?　うさぎの耳ですよ！　俺は……可愛いと思いますけど……世間ではちょっと危ない人に見られてしまいます。俺の愛する……いえ、俺の大事な上司が、そんな目で見られるのは嫌だな」

「私は、これでいい、と言ってる」

「本気ですか？」

「当然だよ。引っ張っても取れそうにないようだ。なによりせっかく生えてきたんだから、手術して取るのはもったいないだろう。新商品の宣伝に使えばいいじゃないか」

「宣伝って……俺の課長を見世物《みせもの》にするなんて勘弁してください」

「それでも君は営業管理部の新商品企画課の人間か！　うさみみパンを売るためなら、耳くらい利用すればいい。Ａ班の妖怪パンに勝てるなら、うさぎの耳くらい何本だって生やしてやろうじゃないか」

「課長、もう生えてます」

「……そうだな」

孝明は中指と人差し指で眼鏡を正し、興奮気味の気持ちを落ち着けた。

自分ではあまり自覚がないが、うさぎのこととなると、少々人格が変わるらしい。だが人は好きなものを語るとき、熱意が高じて周囲が見えなくなることもあるだろう。

周囲の評価は違うようだが、孝明だってそういうときはある。

「あの……もう一度触っていいですか？」

「構わんよ」

「やっぱり本物のうさぎの耳です……」

「だからそう言ってるだろう。ほら動くぞ。前にも後ろにも。……おもしろい」

頭から生えているうさぎの耳は、孝明が思う方向に自由に動く。先ほど生えたばかりなのに、誕生した時から身体の一部のように馴染《なじ》んでいる。

この動き、何かに利用できないだろうか。

うさぎの耳を動かしていると、なんとなくいい案が浮かんでくるような気がした。

「課長、菓子パンにはそいつは応用できませんよ。変なことを考えて生産部を混乱させないでくださいね」

「何故分かった」

「分かりますよ……顔に出てました」

「そうか……そんなに顔に出ていたのか。気をつけよう」

まあ、うさ耳が生えたのだから、多少様々な感情が表に出るのも仕方がない。

「というか、もっと他に言うこととか気になることはないんですか？」

「たとえばなんだ？」

「うさぎの耳に水が入ったらどうなるんだろう……とか、この耳も聞こえるんだろうか……とか。いろいろですよ」

「いや、そこまで考えなかった」

「……俺、課長の適応能力に驚愕《きょうがく》してるんですよ。動物の耳ですよ、それ。ちょっといろんな意味で怖くないですか？」

「君は嫌いなのか？」

「いえ……俺は……その……好きです。いや、耳の話じゃなくて……その……なんていうか……会った瞬間、一目惚れしたっていうか……ちょっと冷めた視線がたまらないとか……怖いほど綺麗な顔をしているのに、中身は天然なところとか……つまり課長自身が好きです」

「考えただけで動くというのは、神経がしっかり通っているからだな。いや何度触っても感動する」

自分の手でうさ耳を掴み、その感触を確かめる。孝明の好きなうさぎの感触そのもの。あまりにも気持ちよくて、ずっと撫で回していたい気にさせられる。

「課長、俺の言うこと聞いてないでしょう」

「すまない、この耳ばかり見ていて、聞いていなかった。もう一度、話してくれ」

「別にいいんですけどね。課長のうさぎの耳に比べたら、たいしたことじゃないし……」

「まあ、そうだな」

「そうだなって……」

「なんだ、聞いて欲しかったのなら、いま話せ」

「いえ……いいです」

どことなく残念そうに見えたが、今は彼の悩みに関わっている時間はない。

理由はどうあれ、頭にうさぎの耳が生えたのだ。まずはこの問題から取り組むべきなのだ。

「池田君、一緒に考えてくれたまえ。これをどううさみみパンに活かせばいいだろうか。この姿で試験販売をしてみるか？　宣伝になるならどこのスーパーでもコンビニでも行くぞ。他に何か効果的な利用方法はないか？」

「長谷川課長。まずは今後の対応を決めませんか」

「対応？」

「耳をつけたまま社内で働いても構わないという社長の許可も出たことですし、少なくとも社内では疑われないでしょう」

　耀人はやけに真剣な顔をして、孝明のうさ耳を見つめている。孝明には分からない難しい問題でも横たわっているのだろうか。

「疑う？　なにを疑うんだ？」

「その耳が本物かもしれないっていう疑いですよ。だから外では帽子を被って隠しましょう。俺、今から外に出て帽子を買ってきます」

「池田君。帽子を被ったら宣伝にならないぞ」

　きっとうさみみパンをこの世に広く知らしめるため、孝明の頭にうさ耳が生えたのだ。なのに隠してどうするのだ。

「このまま外を歩く気だったんですか!?」

「いけないか？」

「騒ぎになりますよ」

「コスプレして歩いているオタクはいくらでもいるだろう。有名人でない限り、騒ぎにはならんよ」

可愛いアイドルがうさ耳をつけて歩いていたら、人も集まってくるだろうし、ちょっとした騒ぎになるだろう。だが孝明はただのサラリーマンだ。問題はない。

「課長、頭から本物のうさぎの耳が生えてるんですよ！　マスコミにかぎつけられたら大変な騒ぎになるのは想像しなくても分かるでしょう」

「これを見て本物だと思う人間などまずいない。ちょっと変わったサラリーマンくらいにしか思われないはずだ」

「オーダーメイドの三つ揃いのスーツをきっちり着こなしてる課長の頭にうさぎの耳が生えてるんですよ。ちょっとどころか、かなり目立ちます」

「そうか？」

チラッと見上げると、うさ耳の先端がギリギリ視界に入る。生えている当人は常時見ているわけではないので、気にならなくなってくる。けれど見ている側の人間はそうもいかないのだろう。

「隠しておいた方がいい場所もありますよ。満員電車とか……住んでるマンションの周囲とか……子供達に変なおじさん扱いされたいですか？」

「まあ……住んでいるマンションの周辺で騒ぎになるのは困るな。家では静かに過ごしたい」

子供は突然現れたかと思ったら、理由なく膝《ひざ》に蹴《け》りを入れて去っていくこともある。そんな子供達が孝明のうさぎの耳を見たらどんな行動をとるのか。

道ばたで突然出会った子供に、うさ耳を引っ張られる姿を想像し、憂鬱《ゆううつ》になった。子供は苦手だ。なのに子供はきっと孝明の頭に生えた、うさぎの耳に群《むら》がってくるだろう。

耀人の言う通り、うさぎの耳を隠す必要がある場所もあるようだ。

「場所によって帽子で隠すか」

「あと、俺以外、誰にも触らせないでください」

「君以外？」

「そうです」

「どうしてだ？」

「俺はもう触りましたから、別にまた触ってもいいですよね。それ以外はばれると大変なので、拒否してくださいってことです」

彼だけは触っていい理由は不明だが、確かに不用意に本物だと知られない方がよさそうだ。

「分かった」

「俺、長谷川課長が心配だなあ……」

「全身がうさぎに変化することか？　それはないだろう」

孝明の言葉に、耀人は目を白黒させて、硬直している。

「どうした？」

「俺……そんなこと予想しませんでしたよ」

「私は体毛が薄い方だからよく見ないと分からないが……髭《ひげ》はまだ黒いようだぞ。白くはない。まあ朝になってみないとはっきりしないが」

「長谷川課長。真顔でそんなこと言わないでください」

「可能性はあるだろうと思ってな」

鏡に映る自分の姿をふたたび眺《なが》め、うさ耳を触る。髪をかき分けて根元を調べてみたが、周囲に白い毛は今のところ生えていない。

全身に及ぶ可能性は低い——と信じたい。

それよりせっかくのチャンスだ。これを利用しない手はない。

「……俺、もし長谷川課長がうさぎ化しても気持ちは変わりません。俺、なんていうか……課長のこと……ずっと……そのう……すっ、好きだったんです。あっ、これ、俺の本心です」

「これで妖怪パンに勝てるかもしれないな。いや、勝てるぞ池田君！」

希望を胸に抱いて櫂人を見ると、何故か彼は目を見開いて、あんぐりと口を開けている。

「……今のも聞いてない？」

「何か言ってたのか？」

「いや、だから……じゃなくて、もっとその耳に動揺するとか、パニックになるとか、私はどうしたらいいんだ～とか叫びながら、俺に抱きついてくるとか……ないんですか？」

「生えたものは仕方がない。まあ……放っておいたら出てきたときと同じように、突然消える可能性もあるだろう。……それより君、最後の台詞《せりふ》はなんだ。どうして私が君に抱きつくんだ？」

耀人は落胆したように肩を落として、小さなため息をついた。

「どうして聞いて欲しい台詞は耳に入らず、どうでもいい台詞を聞いてるんです？ あ、どうでもよくないですけど。……もういいです、忘れてください。……とりあえず、外では帽子。うさぎの耳は誰にも触らせない。尋ねられても偽物だと適当に受け流してください。あとはいつも通りでいいと思います」

「分かった」

そう答えたが、耀人が寂《さび》しそうな目をしているので「聞いて欲しい台詞とはなんだ？ 今聞くぞ」と促してみた。

「また今度にします」

「いいのか？」

「はい。そろそろ仕事に戻りましょう」

どこか耀人は意気消沈しているように見受けられたが、気のせいだろう。

「そうだな。私は生産部に行って眼鏡の件で話し合ってくる。君は悪いが帽子を買ってきてくれ」

「課長は問題を起こさず俺が戻ってくるまで、いい子で待っていてくださいね」

と、一度は背を向けたが、ふたたび振り返って、孝明の手を握りしめた。

「俺、全力で長谷川課長をお守りします。まあドンと任せておいてください」

やけに張り切る櫂人に、抹《いちまつ》の不安を感じつつも、今のところ彼だけが頼りだ。

「ああ、頼む」

足取り軽く男子トイレを出て行く櫂人を見送ったあと、孝明は何度目か分からない鏡を見た。

何度、確かめても、うさぎの耳が孝明の頭から生えている。

夢ではなかった。


うさぎの耳が生えてくるという衝撃的な一日を終え、孝明は自宅のマンションに帰宅した。

会議の最中の出来事は、あっという間に社内に広がり、新商品企画課の来訪者は過去最大人数を記録しただろう。

もっともみな遠くから眺めたり写真を撮る程度で、櫂人が心配したような、うさ耳を摑もうとする不届き者はいなかった。

いつものように仕事をしていると、うさぎの耳が生えていることを忘れてしまう。気にしているのは周囲にいる者ばかりだった。

「……で、どうして君まで私の家にいるんだ？」

リビングのソファに向き合う形で櫂人と座っている。

心配して自宅まで送るというので、勝手に付いてこさせたが、家の中にまで招くつもりはなかった。なのに気がつくと彼も一緒に玄関を上がり、今はソファに腰掛けていた。

「課長は仕事に没頭すると、そのうさ耳の存在を忘れてるでしょう。だから気をつける人間がいつも側にいないと危険です。これは必要な処置です」

「大げさすぎないか？」

「いいえ。たとえばですよ、課長が仕事のことを考えながら歩いているとき、脇から突然、うさ耳を摑もうとする人間が飛び出してきたら、対処できないでしょう」

「……言われてみるとそうだな」

「でしょう。俺が身を挺《てい》してブロックします！　安心してください」

本当にそんな場面が訪れるのかどうか、孝明には分からない。けれど確かにうさぎの耳は頭から生えているし、何かあっても一人より二人の方が対応しやすいだろう。

「分かった。君にとっては迷惑なことだろうが、よろしく頼む」

「迷惑だなんて……大歓迎ですよ！」

「君は変わっているな」

「課長ほどじゃないです」

「……そうか？」

「あ、言っておきますが、変わっているは俺にとって褒め言葉ですから」

かしこまるわけでもなく、かといってくつろぐほどでもない様子で、櫂人はソファに座っている。

家に人を呼んだことはない。本来なら緊張しているはずだが、彼とは会社で朝から晩まで一緒に働いているせいか、そういったものは感じなかった。

「……うちは２ＬＤＫだから、使っていない部屋が一つある。玄関からすぐの部屋だ。そこで寝起きするといい」

「じゃあ、遠慮なく使わせてもらいます」

「着替えだが……」

「突然のことにも対応できるよう、俺、お泊まりセットを常に会社のロッカーに置いてるんです。それを今日持ってきましたから、心配無用です。足りない分はその都度持ち込みますよ」

「いつも君は手際がいいな」

普段の仕事ぶりも思い返して孝明が感心していると、櫂人は照れるように鼻を掻《か》いた。

「俺、チャンスは逃さな……いや。ははっ。なんでもないです。今日はお疲れでしょうから、先にお風呂に入られたらどうです？　俺はお借りした部屋で着替えてきます」

腹にうさぎの毛が生えていないか、気になっていた孝明だ。先に風呂に入って確かめたほうがいいかもしれない。

「そうか。じゃあ風呂に入るか」

ソファから腰を上げると、櫂人が呼び止める。

「課長」

「なんだ？」

「俺たちなんだか新婚みたいですよね」

「君は時々おかしなことを口走る」

部下が上司の家に泊まることの何が新婚なのか。櫂人はたまに意味不明なことを口走る。聞き流すのがいいのだろう。

「はは。……俺も着替えてこよう……」

先に櫂人の方がリビングを出て行くと、孝明はバスルームに向かった。脱衣所でシャツを脱ぎ、上半身裸の姿を鏡に映しながら、他に異変がないか目を凝《こ》らして調べた。

「……今のところうさぎの毛は身体に生えていないようだな」

腹や胸、脇に背中、自分で確かめられるところにはそれらしきものはない。

孝明はホッと胸をなで下ろし、洗面台に両手を置いて、細く息を吐いた。

だが――。

「…………ん？」

妙な場所がモゾモゾとしだして、嫌な予感がした。

ベルトに手を掛けたが、そこでスラックスを下ろすことができず、リビングに戻った。

櫂人は着替えを終えたようで、うす水色のTシャツに黒のハーフパンツを穿《は》いて、ソファに座っていた。が、孝明の姿を目にした瞬間、ハッと目を見開いて立ち上がり、駆け寄って来た。

「そんな格好で、どうしたんですか？　俺を誘っ……いや……その……」

「ちょっと違和感があってだな……」

「違和感？」

「そうだ」

孝明がベルトに手を掛け、スラックスから引き抜こうとした手を、掴む。驚いて顔を上げると、櫂人は真剣な面持ちでこちらを見下ろしていた。

「課長。俺も……そういう気持ちです。やっと分かってくれたんですね」

「なんの気持ちだ？」

「え……課長は何をしようとお考えで？」

「確認して欲しいことがある」

「なんです？」

「まず手を離してくれないか」

「あ、はい」

耀人の手が離れると、孝明はベルトを引き抜き、スラックスを下ろした。

「かっ……課長！」

いきなり耀人に抱きしめられて、孝明は眉根に皺が寄る。彼は一体、どうしてしまったのだ。

「何を抱きついている？」

「……俺を誘ってるんですよね？」

身体を離した耀人が、またおかしなことを口走っている。

「誘う？　私は尻を見てもらおうと思っているだけだ」

「それが誘ってるってことじゃないですか！」

「男に男の尻を見せるのが、どうして誘う行為になるんだ？」

首を傾げた孝明に、耀人は離した手を頭に当てて、失望している。その彼の反応がいまいち孝明には理解ができない。

「…………課長、実は俺の気持ちを分かっていて、とぼけてるんですね。そうですね!?」

「男に無理やり尻を見せられるのはセクハラだ……と思っている君の気持ちか!?」

「セクハラだなんてとんでもない。課長のヤクハラだったら俺……いつでもオッケーですから」

「君は変わった趣味を持っているんだな。ああ、あれか、マゾというやつか」

「違います！　そりゃあ課長にいつでも欲情してまっ……」

「いいから、ちょっと確認してくれないか」

言い合っていても仕方がないので、孝明は彼に背を向け、尻だけ露《あら》わになるよう、下着を下ろした。

そこで尻の谷間にぴょこんと飛びだした物体に、櫂人は色めき立った。

「うおおおおお……そう来たか——！」

「何がそう来たんだ」

「尻尾《しっぽ》です、課長。真っ白なうさぎの尻尾です！」

「ずっと尻の谷間がもぞもぞすると思ったら、やはりそうか。だがそれは少々……いただけんな」

肩越しに尻を見下ろし、ギリギリ視界に捉えることのできる、物体。

それは尾てい骨の辺りから生えた、白い毛に覆われる丸い尻尾だった。自分の目で確かめても信じられない。が、目に映っているものは、頭に生えたうさ耳と同じ現実だ。

しかし孝明は頭にうさ耳が生えた段階で、別のものも生えるのではないかと危惧《きぐ》していたせいもあって、衝撃は最小限に留まった。

だが落ち着いている孝明に、櫂人の方が衝撃を受けたようだった。

「課長……もっとなにかこう……動揺して飛び跳ねたり、駆けずり回ったりしたくないですか？」

「だから私はうさぎではない」

「そうじゃなくて、尻尾ですよ。尻に、尻尾が生えてるんですよ。普通、驚愕して、叫びたくなるでしょう？」

彼は同意を求めてくるが、孝明はもうその段階を越えていた。

「いや、耳も生えたことだし……尻尾も生えてもおかしくないと思っていた」

「……」

「耳と同じようにこいつも動くんだぞ。ここにあると下着の中で蒸れそうだよ」

櫂人の方に尻を向け、尻尾をプルプルと動かした。

すると櫂人の表情が見る間に高揚したものに変化していく。息苦しいようにも見える彼の表情に、孝明は「大丈夫か？」と声を掛けた。

「大丈夫？　だって？　課長の淫《みだ》らな姿を見せられて、大丈夫なわけないでしょう」

「淫ら!?　何を言っているんだ、池田君は。尻尾を見て発作でも起こしたか？　救急車を呼んだ方がよさそうか？」

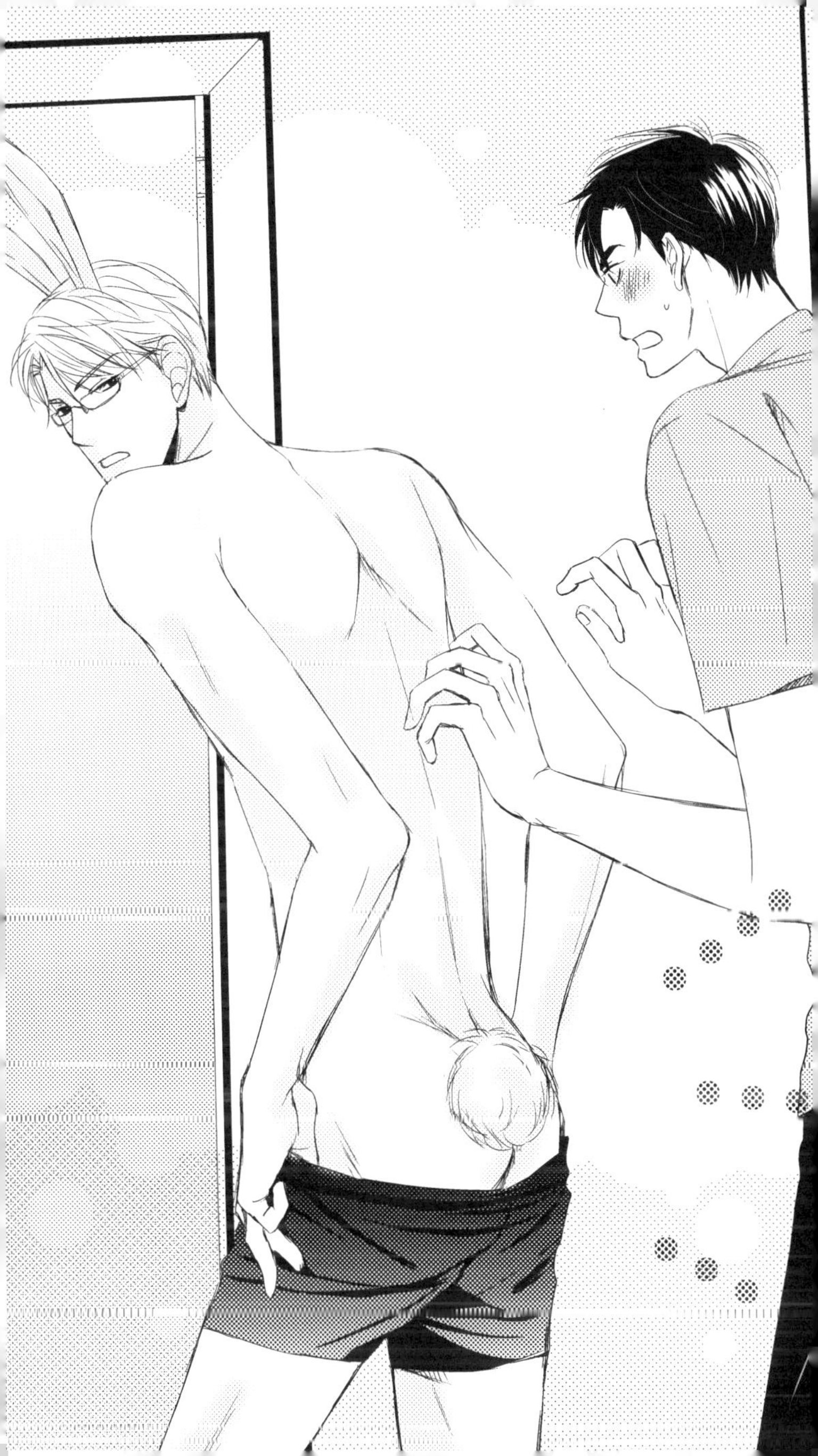

「課長は本当に天然ですよ。それとも分かってて、やってるんですか？　なら、最悪です」

　燿人から陽気さが消え、何かに取り憑《つ》かれたような、危険な目の輝きを向けてくる。それは小動物を捕らえようとする捕食者のものでもあった。

「……君、本当に大丈……うわっ！」

　孝明は、床に押し倒されて、組み敷かれそうになった。慌《あわ》てて彼の拘束から逃げようと身体を反転させた。が、今度は四つん這《ば》いになった背後から覆い被さってきて、彼の体重で床に押しつけられる。頬《ほお》に当たる絨毯《じゅうたん》の感触がやけに鮮明に伝わってきた。

「おい、何をしている。重いぞ。離せ」

「もう我慢ができません」

「なんの我慢だ!?」

「好きなんです。俺……もうずっと、課長が好きで……我慢してきた」

「私も君が好きだぞ。部下として一番目を掛けている」

「……」

「どうも、そういう好きとは違うようだな」

　男に組み敷かれている状況に戸惑いつつも、このままずっと床に押しつけられているわけにもいかない。なんとか彼に正気に戻ってもらう方法はないものか。

「これで俺は課長に嫌われる。なら……最初で最後……俺の思いを遂《と》げさせてください……」

「いやっ、嫌わないぞ。いまやめてくれたら、何もなかったと水に流そう。どうだ、お互いその方がいい……ああん」

聞いたことのない、変な声が耳に届いた。

「……今のは誰の声だ」

「課長」

「私じゃない」

「課長です」

「違う」

「課長」

「違うと言って……はあっん」

と、言った口から、喘《あえ》ぎ声が漏《も》れた。今度は自分の口からだと分かった。妙な場所からの刺激に抑されて漏れ出たものだとも、気づく。

「ほら、課長です」

櫂人はそう言いながら、孝明の頭に生えているうさぎの耳を揉《も》んでくる。その手の動きは明らかに快楽を煽《あお》るようなものだった。

「君、うさぎの耳をそんなふうに触るんじゃない」

「うさ耳の根元が課長の性感帯になってるんですね。じゃあ……こっちは？」

尻尾の根元を摑まれると、電流に触れたようなビリッとした刺激が、身体の隅々まで走る。それだけではない。触られてもいない雄が飛び跳ねるように、勃起した。

「へえ、ここが特別に感じる場所ですか」

尻尾をつまみ、こね回すように弄られて、性的な刺激が断続的に襲ってくる。手足をばたつかせてその刺激から逃れようとするが、快楽は身体から力を奪い、意に反して恍惚《こうこつ》となってくる。

「よせ、よさないか……ああっ……あっ、あっ……あ……ああっ！」

尻尾をいじくり回された結果、孝明は射精していた。イキそうだとか、我慢するのだとか、考える暇もなかった。それはごく自然なものだった。

「はっ……は……も……よせ……」

「課長の精液が……俺の手に……夢見ていたことが……現実に……」

櫂人は後ろでぶつぶつと独り言を呟いている。彼の理性は振り切れる寸前のようだ。このままではさらに状況が悪化するだろう。

なんとか彼の下から逃れなくては――。

「はあっ……はあ……も、もうやめ……うわっ！」

腰を引っ張られ、膝が折り曲げられた。だが頭は床に突っ伏したまま、尻が彼に向かって高く上がっている。尻を下ろそうとしたが、櫂人に膝を抱えられて引き戻された。

「池田君、やめなさい！」

「嫌です」

尻尾が捲られたかと思うと、生暖かいものが根元に触れた。それが櫂人の舌だとすぐさま気づいて、驚きと羞恥《しゅうち》が同時に孝明の理性を混乱させた。

どうしてそんな場所を舐《な》められるんだ――!?

舌は尻尾の根元と少し下に隠れている蕾を愛撫していた。拒絶したいのに、今まで感じたことのない快楽が孝明の頭を麻痺《まひ》させて、抵抗する力は奪われていく。

「あっ、あ……あっ……ああ……やめ……やめてくれ……あっ……頭が……おかしくなる……」

絨毯を引っ掻き、頬を擦りつけ、閉じられない口から自分のものとは思えない声ばかり吐き出している。

うさぎの耳と尻尾は快楽によがっているとでもいうように、プルプルと震えていた。

耳から尻尾から伝わる快楽は、全身に及んでいる。その喜びはえもいわれぬもので、初めて体験するものだった。

何か別のものに変身しそうな気分だ。

「……ここ……ここで……や……やめておいたほうが……お互いっ……！」

蕾に指がねじ込まれ、初めて知る鮮烈な感覚に、恐れすらあった。

「よせっ……やめろ……そこは……駄目だ……っあ——！」

雄の根元のちょうど裏側を、中から指先で擦られて、強い刺激に押し出されるよう声が上がる。細く長く声が流れている間、自然と身体が前後に揺れていた。

「見つけた」

背後から耳元で櫂人の声がした。

彼のよく通る声は、甘い。そして耳に触れる吐息は背筋をゾクゾクさせる。

「ここが課長のいいところなんですね」

そうだ——。

「違う」

「だってここを擦ると、課長の身体は揺れるんですよ。まるで俺の指を自分のいいところに誘ってるみたいだ」

「誤解だ！」

「ねえ、課長。身体って実に正直だと思いませんか？　快感が理性を屈服させる。理性がこんなにもろいなんて、屈辱ですよね。でも俺……課長を前に、毎日その屈辱を味わってましたよ」

クチクチと蕾が指先でほぐされていく。粘ついた感触があるのは、先ほど射精した精液を櫂人が潤滑油代わりに使っているからだろう。

自分の精液を身体に塗りたくられるのを想像するだけで、羞恥で身がよじれそうになる。

「でもこれって甘美な屈辱です。だって俺は……ずっと課長と繋がりたかったんですから……」

「よせっ……駄目だ……頼む……っあ……」

櫂人の指が二本、中で蠢《うごめ》いている感覚が伝わってくる。

私は部下に犯されそうになっているのか——!?

ようやく自分の置かれた立場を理解した孝明は、まずは自分が冷静になろうとした。

「な、つ、繋がるのは今度にしないか？　とりあえず冷静に……」

「冷静になんてなれませんよ。課長のうさぎの耳が……うさぎの尻尾が……俺を……狂わせてるんです！」

「なら持ち帰った……ほら、あの、試作品のうさみみパンを食べるといい。そっちで満足すればいい」

「俺の欲望の対象はパンじゃなくて課長なんです！」

「……まあ確かにパンは食欲の対象だな」

妙なところで冷静になってしまった孝明だが、すぐさま我に返った。パンも食欲もいまはどうでもいい。

「課長は俺の気を削《そ》ごうとしているんでしょう。でも無駄ですよ」

　櫂人はフフッと笑って、孝明の身体を仰向けにすると、両脚を抱えた。間近に迫《せま》ってくる櫂人の顔を両手で押しやろうとしたが、どうにも力が入らない。

「もう俺……自分を止められません。後でいくらでも謝罪しますから……許してください、ね」

「ね、じゃない……ああっ！」

　言い合っている途中で、櫂人の雄が中に押し込まれた。裂けそうなほど蕾の縁が広がっていて、肉のみっちり詰まった感触がひしひし伝わってくる。

　もう何がなんだか――！

「はっ……は……はっ……あ……や……池田君……私のあそこに突っ込んでいるものを、抜きなさい。早く！」

「課長の中で達したら、お望み通り抜きますよ」

「…………は？」

　達するとはなんだ。

　中で射精するということか――!?

　そこは射精する場所ではない。

「待て、待ちなさい。射精するなら私の中よりもっといい場所があるはず……ああっ！」

高く上がった尻に、櫂人の体重が載る。同時に、勃起した雄が最奥《さいおう》を突いた。擦《こす》られた部分が熱を発し、痛みより気持ちよさが勝った。

不快感がもっとあってもいいはずなのに、彼の雄が抜き差しされても、嫌だという気持ちにはならなかった。

実は快楽に弱い体質を持っていたのか、それともこれもすべてうさぎの耳と尻尾が生えた結果なのか、よく分からない。

「はっ……あ……っ……ああ……」

「課長の中……想像していたよりも熱くて狭《せま》いです」

抵抗しようと振り上げていた手は、櫂人に床へ縫い止められて、動かせない。もっとも力がまるで入らないので、彼の拘束も無意味だ。

膝が胸に着くほど折り曲げられて、抽挿が繰り返される。勃起した彼の雄はそのたびに孝明の嬌声《きょうせい》を誘い、快楽の源《みなもと》を突いて、意識を奪おうとする。

「はっ……あ……ああ……」

「……っ。あ……課長の中も……うさぎの尻尾も……俺のペニスを擦って……」

「あっ、あ……ああ……よせ……言うな……」

櫂人は、露わになった孝明の乳首に口づけた。彼の少し肉厚な唇が乳首を挟《はさ》み、舌で愛撫してくる。

すると柔らかかった乳首は膨《ふく》れて固くなり、まるで勃起した雄のように尖ってくる。

孝明の乳首からは何もでないのに、櫂人はしつこく吸ってくる。乳首の周囲を舌で転がしていたかと思うと、先端を歯でやんわりと挟んで、小さな痛みが走った。

「……乳首……を……吸うな」

「じゃあうさぎの耳も……愛撫してあげますね」

手の甲で唇を拭《ぬぐ》い、ふたたび顔を近づけてくる。今度は胸ではなく、うさぎの耳に……だ。

うさぎの耳は根元を摑まれただけでも腰砕けになった。そんな場所を舌で舐められたらどうなるのか、考えなくても分かる。

「え……うさぎの耳は……やめっ……ああっ！」

櫂人の唇がうさぎの耳の内側に触れた。毛細血管がうっすらと浮き、薄いピンク色をしている内部に。その瞬間、視界に小さな花火のような火が弾《はじ》け、散る。

景色は霞《かす》んで、胸が弓なりに仰け反った。

これが快感なのか――。

自慰はごくたまにする程度だ。そこで得られる快感は、まあこんなものだろうという程度のものだった。没頭するほどでもなく、孝明自身は快楽に対する欲求は淡泊なものだと考えてきた。

だが、それは大きな間違いだと、いま、この瞬間、知った。

「ああ――。あ……ああああ――！」

頭の先から足の先まで、快楽という刺激が走り回る。気持ちがいいという言葉を越えて、極上の愉悦だ。快楽の楽園があるとすれば、いまこの瞬間を指すに違いない。

「やめろ……耳は……やめてくれ……っ！　尻尾も触るんじゃないっ！」

孝明がそう叫ぶと、櫂人は鼻先を埋めていたうさぎの耳から顔を上げ、腰の動きも止めた。すると快楽が奪われ、満たされなくなった身体が、焦《じ》れ始めた。

「本当にやめて欲しいですか？」

「……」

勝手に欲情して襲いかかってきたのは櫂人だ。孝明はそんな気などなかったし、男と繋がるなど考えたこともない。

たとえうさぎの耳と尻尾が彼の欲望をかき立てたとしても、それは免罪符にはならないはず。などと考え、櫂人が一番悪いのだと自分に言い聞かせていたが、うさぎの耳を愛撫されたい、尻尾の付け根を弄《いじ》って欲しい……という欲求は一向に消えてくれなかった。

いや、時間が経つほどに、甘い疼《うず》きが大きく膨らんでいく。

「……くっ」

「やめて辛いのは課長ですよ。分かりますよね」

「わ……分からないぞ！」

「やめないで……と言ってくれたら、俺、快楽の沼に今すぐ課長を引きずり込んであげますよ」

「私と駆け引きするつもりか」

「そんなんじゃないです。ただ……課長の顔は快楽で恍惚としているのに、俺が全部悪いみたいに言うから焦らしてるだけです」

君が一番悪いだろうが——！

と、怒鳴りたかったが、やめた。余計に焦らされて、口にしたことがない言葉を吐きそうで、怖かったからだ。

「課長だって……気持ちいいって思ってるんでしょう？」

「……」

「いいじゃないですか。セックスをしてお互い気持ちよくなっても。俺たち大人なんだから……」

まあ、確かにそうだ。

割り切ってしまえばいい。上司と部下というのは問題かもしれないが、これは大人のセックスだ。

終わったら後腐れなくいつも通りの関係に戻ればいいだけ。

追い詰められた孝明には、頷くという選択肢しか残されていなかったのだ。

櫂人は魅力的な笑顔を見せる。この、何をしても許される笑顔を持っているからこそ、彼は老若男女に好かれ、可愛がられるのだ。

こういう徳が孝明にもあれば、会社でも上手く立ち回れたに違いない。

羨《うらや》ましい男だ。

「俺がこのまま課長をイカせてあげます」

うさぎの耳にそう囁くと、耀人はふたたび腰を動かし始めた。

緩急をつけて、雄の抜き差しが再開されると、孝明の飢えた欲情が満たされていく。

「あっ……あっ……ああっ……ああ……！」

「毎日毎日、あなたを見るたび、俺はこうしたかったんです。ずっと想いを寄せてきました」

待て、これは大人のセックスにするんじゃなかったのか。

後腐れのないただの遊び……と、快楽に流されながらも、僅《わず》かに残った理性がそんなことを考えている。

「課長、愛してます！」

この状態で告白されても困るぞ、池田——。

孝明は、そう叫ぶ前に意識が飛んだ。

なんだこの状況は――。

目が覚めたら、孝明の身体に櫂人が抱きついていた。

寝苦しかったのはこのせいか。

昨夜、この部下とセックスをしたが、無理やりというより、なし崩しだった。彼を責められるほど抵抗もしなかったし、えもいわれぬ快楽のせいで、どうでもよくなった自分が悪い。

淡泊だと自覚していたはずなのに、孝明自身、誰でもいいと思えるほど、実は満たされない性欲を持っていたのか。それを解放する機会を得て、実は楽しんだのかもしれない。

櫂人と繋がって、不快感とか、嫌悪感が一切起こらなかったことが、一番ショックだった。

こうしてみると男らしい顔をしている――。

意外とまつげが豊かだ。高いほお骨に緩《ゆる》みのない肌。左の耳の付け根に小さなほくろを見つける。

意外と顔にはそういったものはなく、滑らかだ。

右より左の方が僅かに口の端が上がっている。眉の高さも同じに見えるが違う。

人の顔は左右同じではないんだな――。

部下の顔をこれほどまじまじと見た記憶はない。いや、もともと人に興味がないので、こんなふうに観察することがないだけだが。

いや、彼の顔などどうでもいい。

耀人が孝明に告げた言葉が問題だった。

あの、愛しているという告白は、ベッドの中だけ有効な睦言《むつごと》だと思うが、なんだかやけに心にひっかかっている。

全く、誰にでも好かれる人間は、簡単に好きだの愛してるだの言うのだ。

誰だって嫌われるより好かれる方が嬉しい。彼はその言葉の重みを理解せず、無意識にそしてある意味無神経に使っているのだろう。

こういう相手は自覚がない分、やっかいだ。

ため息をつきながら、耀人を揺り起こす。

「池田君、起きなさい」

「う～ん……もう少し寝かせてください」

「今日は休みではないぞ」

「分かってますよ。あ、朝ご飯はすでに作ってあるので、慌てなくても大丈夫です」

「はあ？　朝ご飯だと？」

「先に起きて朝ご飯の準備をしてから、もう一度、ベッドに戻ったんです。課長のすやすや眠っている顔があんまり可愛かったから……つい添い寝してたら、二度寝してしまったみたいです。あっ、勝手にキッチン使ってすみません」

出社すると朝から晩まで一緒に仕事をする。ある意味、互いをよく知っているが、私生活は別だ。なのに彼はどうしてこうも来たばかりの家に馴染んでいるのだろうか。

いや、問題はそこではない。

うさぎの耳や尻尾が生え、一人では乗り切れない場で、助けは必要だ。だから彼の提案を受け入れたが、果たしてそれが正しかったのか。

「……君は自分の家に帰った方がいい」

「嫌です。だってうさぎは寂しいと死んじゃうんですよ」

さらに抱きしめられて、孝明はぐいと押しやろうとした。が、櫂人の身体はびくともしない。

「私はうさぎの耳と尻尾が生えたのであって、うさぎではない。だから死んだりもしない」

「課長はうさぎっぽいです」

「私はあんなふうに鼻をピクピク動かしたりしないし、柔らかくもないぞ」

「課長の鼻はピクピクするし、お尻も柔らかいですよ」

「……」

彼には何を言っても無駄なのだろうか。

それとも自分がこういう若者を上手く扱えないだけなのか。いや、彼こそ孝明のような人間の扱いを心得ているのだろうか。

どれが答えであっても、あまりいい気はしないが。

「うさぎ嫌いですか？」

「何を言ってるんだ。私ほどうさぎに愛情を抱いている人間はいないはずだ！」

「知ってます。ちょっとからかっただけです」

燿人はようやく拘束の手を緩めると、孝明の頭に生えているうさぎの耳を、そろりと撫でた。彼の温かい手がうさぎの耳の根元から先端まで滑る。悪くない気分だ。

いや、違う。撫でられて気持ちよがっている場合ではない。

「必要以上、うさぎの耳に触れるな」

孝明が手を払うと、燿人は意地悪するかのように、また撫でた。

「これは俺のです。俺だけに許された特権にしました。特権は使わないと」

「……そんな特権を与えたことなどないぞ」

「そうやって俺をいじめるなら、朝からうさ耳快楽地獄を味わってみます？」

「……うさ……みみ……快楽地獄……とは、なんだ？」

「今度ゆっくり味わわせてあげますね。楽しみにしておいてください」

うさ耳快楽地獄――。

一体、なんなんだ。気になるじゃないか。

興味を示すと、彼の思うつぼだ。孝明は返事をせず、彼の言葉を聞き流した。

耀人はそんな孝明をにやにやした顔で見つめていたが、何か思い出したように話を変えてきた。

「そうだ、俺……絶対課長の家はうさぎグッズで溢れてると思ってたんです。なのにリビングはシンプルで格好いいし、寝室もあっさりしていて、うさぎらしいものは置いてないんですね。ちょっと拍子抜けですよ」

「……」

人を招く予定はなかったし、家族ですら突然訪れない。だがもしものことがある。だから誰にも見られないよう、ウオーキングクロゼットの一番端の棚に、うさぎコーナーを作っていた。

「あっ、その顔。絶対どこかに隠してるんですね！」

「探したらその場で追い出すからな」

「分かりました。探しません」

耀人は孝明の傍らに横になり、愛おしい者を見つめるような視線を落としてくる。孝明がうさぎに向ける目にも似ていた。

「あ、一つだけ教えてください」

「なんだ」

「俺が出張のお土産に買ってきたうさぎのストラップもそこにあるんですか？」

「……ある」

嘘をつくのも躊躇《ためら》われて本当のことを言ったが、耀人は鼻の頭をほんのり赤らめ、照れくさそうに笑った。

「何が嬉しい」

「課長があのストラップをつけてくれなかったから、捨てられちゃったかと思ってたんです。でも大事にうさぎの館の一員になってるんだって分かったから嬉しいんです」

耀人が買ってきてくれたストラップは、ガラスでできた白いうさぎで、実は気に入っている。けれどそれを伝えると、彼の態度がさらに大きくなりそうで、やめた。

「……うさぎの館などないぞ」

「そうしておきますよ。でも、それほどうさぎがお好きでしたら、飼えばいいんじゃないですか？　うさぎって犬や猫より飼いやすそうですけど」

「生き物を飼うというのは、そう簡単なことじゃないぞ」

孝明は幼い頃から動物が大好きだった。

けれど、自分が好きなことと、動物がこちらを好きになってくれるというのは違う。どういうわけか孝明は動物に好かれなかった。

小学生の頃住んでいた家の近所に、犬を三匹飼っているおばさんがいて『犬おばさん』と密かに呼ばれていた。

おばさんは毎朝犬を連れて散歩をしていた。それは学校の登校時間と重なっていたので、たいていの小学生は、犬を見つけると足を止めてしまう。

孝明も他と違わず、三匹の愛らしい犬を、撫でようと近寄った。けれど犬たちはいつだって孝明から距離を取り、決して撫でさせてくれなかった。

おばさんは集まる子供達に「動物は、自分が好きな人が分かるのよ」と、よく言っていた。あのおばさんに悪気がなかったのは、今では分かる。

けれど当時その言葉を耳にするたび孝明は傷ついたものだった。おばさんの犬は一度たりとも孝明に撫でさせてくれなかったからだ。

公園をねぐらにしていた人なつこいと有名な野良猫も、商店街の角に繋がれている人気者の柴犬も、孝明に懐いてくれなかった。

そんな中、唯一、学校で飼われていたうさぎだけは、違った。世話をすれば懐いてくれたし、家からこっそり持ってきたニンジンを喜んで食べてくれた。

うさぎは犬や猫と違い、孝明にとって特別な動物になったのも当然だった。

家でもうさぎを飼いたかったが、孝明を除いてみな動物嫌いの一家だったので、許されなかった。

そのときはいつか一人暮らしをするようになったら、うさぎを飼うのだと決めた。

けれど、大学生になるのと同時に一人暮らしをしたものの、結局うさぎを飼うことはなかった。命を預かる責任の重さにも躊躇《ちゅうちょ》したが、なにより自分で飼った動物に懐かれなかったら……そう思うと怖くて飼えなかったのだ。

いつかその恐怖を克服し、うさぎを飼える日がくるだろう。それまでは他で飼われているうさぎを見たり触れることで満足しようと決めた。

孝明の気持ちを察したように、話題を変えてきた。

「そろそろ起きて飯にしましょう。顔を洗ってリビングに来てくださいね」

燿人はそう言うと、孝明の頭から手を離してベッドを下りた。

彼の温もりが傍らから消えると、安堵《あんど》より一抹の寂しさを感じた。

ただの気のせいだ。

孝明もベッドから出ると、リビングに向かった。


その日、燿人は孝明と一緒に車に乗って出社した。

孝明がいつも通り地下鉄に乗って出社すると言ったのを引き留め、自家用車に変更させたのだ。いくら帽子を被ってうさぎの耳を隠しても、通勤ラッシュを乗り越えられないだろうと判断したからだった。満員電車で人波に揉まれる中、隣にいる見目麗しいサラリーマンがいたとする。美しい容姿に見とれていると、彼の被る帽子が電車の揺れによって突然落ちて、うさぎの耳が飛びだしたら——阿鼻叫喚《あびきょうかん》だ。

そんな状況を想像するだけで、櫂人は冷や汗が出そうになる。

問題は当人があまり危機感を持っていないことだろう。だから櫂人が、彼に代わって周囲に気を配り、誰かが襲いかかってこようものなら、身を挺して守らなくてはならない。

「池田君、車内では帽子は必要ないだろう」

「いえ、脱いじゃ駄目ですよ。対向車の運転手が、助手席にうさぎの耳を着けた人間が座っているのを見たら、驚いて事故を起こすかもしれないでしょう」

「そんなに驚くものか？　ただのうさぎの耳だぞ」

「驚きますよ」

まだ、うさぎの着ぐるみ姿で座っている方がましかもしれない。

いま孝明は、鍔《つば》のある黒の帽子を被って、うさぎの耳を隠している。

帽子を被っているサラリーマンはいなかったが、そのくらいなら人目を引くまでに至らない。

うさぎの耳さえ帽子で隠せば、あとは彼自身の容姿だけ心配すればいいのだろう。

「池田君、会社の駐車場はすぐそこだが、見失ってないな？」

「えっ、あ。はい……大丈夫です」

孝明のことばかり考えていたので、もう少しで駐車場を行きすぎてしまうところだった。

慌ててウインカーを出し、駐車場に車を入れ、停める。

「ここまでしてもらうと、なんだか申し訳ないな」

「いえ、俺は嬉しいです。気を遣わないでください」

櫂人は孝明と車を降りると、一歩下がってついて歩き、ビルに入った。

傍らでチラリと孝明の横顔を窺い、にやけそうになるのを我慢する。

昨夜は念願の告白もしたたし、セックスもした。なんだか上手くいきすぎて怖い。

けれど手放しで喜んではいられなかった。好きだと告白したのに、孝明にまるで伝わっていないようなのだ。あえて聞かなかったことにしているのか、彼にも考える時間が必要なのか。

孝明は、二人の関係に一切言及せず、そういった話題を出してこない。そうなるとなんとなく櫂人から聞くのは躊躇われる。

「池田君、先に宣伝部に行こうか」

「あ、はい」

社長がうさみみパンに孝明と似た眼鏡をつけるようにと昨日、提案したからだろう。ゆるキャラが飽和状態の中、菓子のキャラクターも同じだ。何か他と違う個性が欲しいと密かに櫂人は考えていたので、社長の意見に賛成だった。

だが、孝明は『可愛いうさぎ』にこだわって、うさみみパンを作ってきたのを知っている。だから眼鏡のついたうさぎは気に入らないはず。

それでも孝明は宣伝部に向かうと、開口一番、社長の意見をキャラデザ担当に伝えた。

「どうだろうか」

「長谷川課長、うさぎの顔にさらに眼鏡をつけるとなると、作業工程の追加の見直しも必要っすよ。コストが確実に上がるっす。なんだったら、パッケージにうさぎの顔を描くのはどうっす？　パン自体は坊主にしたら逆にコストが下がるっすよ」

宣伝部のキャラデザ担当はそう言った。デザイナー系の人間は個性が優先されるため、この部署のみ服装も髪型も自由が許されている。そのせいか口の利き方が砕けすぎている者も多い。

櫂人としては、少なくとも上司に当たる役職の人間には、それなりに敬意を払ってもらいたいと思っている。

当の本人は周囲の声などまるで気にならないようで、いつまで経っても口調は軽い。気がつくとこれが彼なのだと受け入れてしまっていた。

「そうだな……これ以上のコストアップはさすがにしたくないが……袋に絵を描くのは案として採用したくないんだ。袋を開けたとき顔がないと子供はがっかりする」

「できればうちじゃなくて、先に生産部に話を通してくださいっす。あっちがどこまで融通してくれるのかで、こっちも努力するっすよ」

「そうしよう」

「長谷川課長……心ないことを噂している人もいるっすけど、うちの部の人間は課長の行動を賞賛しているっすよ。うさぎの耳、本物みたいでなかなかいけてるっす」

「……ありがとう。実は大学の友人に作ってもらったんだ。うさぎの耳っぽく動くようにもしてくれたよ」

え、なに話を作ってるんですか――！

しかも自分から積極的に話している孝明の行動に、櫂人は驚いた。もとは他人に無関心な男だから、何かを隠そうとして饒舌になっているようにしか見えない。

「えっ、それ、動くっすか。うわ～マジッすか。すごいっすね」

興味を誘ってどうするんです……と、声を上げそうになるのを堪えて、孝明の腕を引っ張った。

「課長、生産部に行きますよ。じゃあ、またあとで来ます！」

宣伝部を出ると、生産部に向かって孝明を引っ張った。彼はどうして櫂人が慌てて宣伝部を出たのかということに気づいていない。

「なんだ、どうしたんだ」

「誰が作ったとか、動くとか、余計なことはおっしゃらないでください。そんなことしたらさらに興味を引いてしまいます。何か尋ねられても適当に流すのが一番ですよ」

「……だが、どこで作ったのかと聞かれたらどうする？」

「新商品宣伝のための秘密事項……でいいと思います」

「そうだな、分かった」

二人で通路を歩きながら、近くに他の社員がいないのを確かめ、櫂人は小声で聞いた。

「課長」

「なんだ」

「下は大丈夫ですか？」

うさぎの尻尾は耳のように表に出せないので、下着の中に押し込んでいるらしい。触ると分かるのだが、尻尾は意外と厚みがあって、ふさふさの毛が生えている。かなり窮屈《きゅうくつ》なはず。

「尻に異物感があるのは仕方がないが、蒸れてる感じがして、もぞもぞするのが辛いな」

「今晩その対策を考えてみます」

「いっそのこと、尻尾も出したらどうだ？　一つくらいうさぎアイテムが増えても、変わらんだろう」

「いや、いやいやいや……そ、それは駄目です」

「私としては尻尾も出せたら爽やかな気分になれるんだが」

櫂人としてはその姿はありだ。が、他人に見せたくない。

尻尾だけは櫂人のものだ。

「絶対に駄目です」

「……残念だ」

頭に二本、うさぎの耳が生えているのに、本人はいたっていつも通り。まるで何事もなかったような様子だ。柱の陰から彼を見て、クスクス笑ったり、感心したりする社員もいるのだが、孝明はまるで気にしていない。

もともと彼は周囲に無関心なところがある。

彼の関心は常にうさみみパンにしかなく、情熱もすべてそれに注がれているのだ。

どういうわけか、彼はうさぎが好きらしい。それもただのうさぎ好きではない。口を開くとうさぎを賛美する言葉ばかりだ。

うさぎの可愛らしさをこの世に知らしめるのが自分の努めだとか、動物の中で一番可愛いのはうさぎだとか、うさぎは世界を変えるとか……彼のうさぎ好きは少々度を超している。

が、恋とは不思議なものでそんな孝明の熱意や一途さにも、櫂人は惹《ひ》かれていた。

孝明に初めて会ったのは、就職活動の前に行われていた会社訪問の時だった。

当時、事情があってこの会社には興味はなかったし、入社するつもりなどなかった。けれど、卒業生がこの会社に勤めていて、先輩に話を聞きに行くという恒例行事があった。パンにも中小企業にも興味がなかった櫂人だったが、友人に請われ仕方なく一緒に訪問した。

そのとき偶然、孝明に出会ったのだ。

彼は通路を颯爽《さっそう》と歩いてきて、櫂人達とすれ違った。周囲の視線は孝明の、場にそぐわない美貌に注がれていた。櫂人もみなと同じ。孝明から目が離せなくなった。

一目惚れだった。

後から彼が営業管理部の新商品企画課で働いていることを聞き、就職活動はここ一本に絞った。

無事に入社できたものの、最終目的は彼の下で働くこと。

それには努力も希望も無意味だったので、叶えてもらえるだろう人間に頭を下げた。一番そうしたくない相手にだ。

すべては孝明と一緒に働き、いずれ自分の想いを伝え、最終的には恋人として付き合うのだという夢のためだった。

それが孝明にうさぎの耳が生えたことで叶うとは思わなかったが。

もっとも、想像していたようなラブラブで甘いものではないのが不満だ。

孝明は櫂人が告白したことについて、どう思っているのだろうか。セックスの後も、目覚めた後も、朝食の後も……彼の態度は以前と同じで変わらないし、告白の意味を尋ねてもくれない。

櫂人が想い焦《こ》がれるようなものは、彼は抱いてくれていないのだ。

彼にとって櫂人は、一度セックスしただけの相手。それだけのようだ。

このままではただのセックスフレンドに成り下がってしまう。櫂人は孝明の恋人になりたいのだ。

その気持ちを理解してもらうために、彼のためにできることをする。

うさぎの耳が生えたことで起きる問題を、見事に解決してみせるのだ。そうすれば櫂人は他の誰とも違って、頼りがいのある男だと気づくだろう。そのとき櫂人は孝明にとって特別な存在になれるはず。

「蒸れるとあせもができそうだな……やっぱりアレを出した方が……」

「絶対駄目ですよ。うさぎの耳だけなら、課長の新商品に対する熱意だと好意的に受け入れてもらえますが、尻尾までついていたら、逆にやり過ぎだと批判される可能性もあります」

いや、違う。

これ以上、孝明が可愛くなって、みなの興味を引いて欲しくないのだ。

孝明の容姿は、働く場所を間違えているだろうと誰もが思うほど美しい。

それは本人も意図せず人を圧倒し、距離を取らせるほどのものだ。また、相手にされないと思わせる原因にもなっているようで、誘われたり告白されたりといったことはないらしい。

もっとも櫂人が告白してもピンときていないようなので、基本的に彼は色恋に鈍感なのだ。

この鈍感なうちになんとかしたいのだが、彼の中のうさぎ愛を越えられるのだろうか。

「ああ、在席してくれていた」

生産部に入ると、うさみみパンの調整をしてくれている主任が大量の書類に埋もれて座っていた。

だが部内が孝明の登場でざわつくと、すぐさま顔を上げた。

「長谷川君。君はすごいな……そこまでやるとはわしも思わなんだよ。いや、新商品にかけるその熱意は、あっぱれだ。未だかつてうさぎの耳をつけてアピールした社員はおらんで」

「意外と気に入ってます」

「で、眼鏡の件だな？　聞いとるよ」

「ええ。企画部のデザイナーからはコストが上がるから、坊主にしてパッケージに顔を描くのはどうかと提案されたのですが……私はうさぎの顔をきちんとパン本体に描きたいのです。なんとかなりませんか」

「顔におまけをくっつけるのは意外と手間がかかるんでな……しかもそいつは常に取れやすい」

パン生地に顔などのパーツをつけると、焼き上がった時や輸送時に、一部分やまれに全部が取れてしまう。顔のパーツの一部が取れると、当然店頭には並べられない。それは会社にとって不利益になる。だから発売前の段階で、そうならない商品を作らなくてはならないのだ。

「眼鏡は社長命令です」

「目玉なし」

「駄目です」

「なら……鼻なし」

「鼻を取ったら口もなくなってしまう。そうでしょう」

「その通り。いっそのこと眼鏡だけにすればどうかの」

「眼鏡だけ!? それではうさぎの可愛らしさがなくなってしまう。断固反対だ」

「長さだけでも当社一で規格外だからの。これ以上原価を上げないためには、足したら引くしかなかろうて」

「可愛くないうさみみパンなど、発売する価値もない」

孝明はきっぱりとそう言った。

もし本当に可愛くないうさみみパンができあがったら、孝明は一年かけて作り上げてきた商品であっても、発売を中止するだろう。

他のパンならそうはならない。うさぎがモチーフだから孝明は粘《ねば》るのだ。

この人、ほんとうさぎが好きなんだよな——。

「長谷川君の頑固なこだわりは評価するが……」

平行線になりつつある状況を心配しつつ見守っていた櫂人だったが、ふとあることを思い出して、二人の会話に割って入った。

「……ちょっといいですか？」

「なにかいい案でもあるのか？」

「つけるんじゃなくて、焼き印でキャラの顔を作ったらどうですか？　最後の行程でパンの生地に焼き付けるんです。ドラム式のものなら過去に似たようなものがあったはずなんですよね。あれがまだ倉庫にあるなら使えそうかなと思って」

「私は覚えがないが……」

孝明は首を傾げる。

「あ、かなり前です。俺が覚えているのは変な菓子パンの顔でした。焼きごてでつけたみたいな模様だったんですよね。あれって、パンのパーツをくっつけるより、手間が掛からないんじゃないですか？」

生産部の主任も思い出したのか、手を叩いた。

「おお、そういえば……眼鏡じゃなくて目玉の型があった。あれは似とる。よくおぼえていたの」

「子供の頃、ここの菓子パンをいやっていうほど食べたんです。なんて名前だったかな……そうだ、思い出した。『宇宙人シリーズ』です。実は俺……あれ大嫌いでした」

「私は知らないが、子供が嫌うようなパンだったのか？」

「俺には怖かったんですよ。でも学校では流行《はや》ってました。パンの袋についていた応募券を十枚か二十枚か忘れましたけど、貼ってお店に持って行くと、変な絵柄の皿がもらえたんです」

「あの皿か！　気持ち悪い絵柄だったの。覚えとるよ！　家の食器棚にまだあったんじゃないか。懐かしいの」

主任は周囲が驚くほど声を上げ、喜んでいる。だが孝明は興味なさそうだった。

「焼き印だとどんな感じに仕上がるか、試作品をお願いしていいでしょうか」

「分かった。倉庫に昔の型は残っとるだろうが、使えるか分からんで。まあ、そいつが使えなくても、くっつけるより焼き印の方が安く付く。できあがったら連絡するで、しばらく待っとってくれ」

「よろしくお願いします」

生産部を後にして孝明はエレベーターに乗ると、地下のボタンを押した。

「どこへ行くんですか？」

「資料室だ。その宇宙人シリーズがどんなものだったのか見ておきたくてな。時期はいつ頃のものなんだ」

「俺が小学生の頃のです。だから十年ちょっと前くらいだったかな……」

エレベーターから降りると、右手にある資料管理室に入った。そこで目的の資料がどの部屋にあるのかを、パソコンで検索し部屋と棚番号を割り出す。

「うちの母があのパンを買うともらえる皿にはまってたんですよね。父はその皿が食卓に出ると本当に嫌がってました」

「ますます興味がわくな」

管理室から出ると検索で出た奥の部屋へ向かった。

地下一階は過去の資料と、ごくたまにしか使わない本を集めた書庫のフロアだ。各扉の傍らにIDの読み取り機があって、首からぶら下げているIDカードをかざして扉を開ける。部屋の中には監視カメラはないが廊下にはあるし、入室記録もされる。

資料室に入ると明かりをつける。白いスチールの棚が整然と並んでいて、資料が所狭しと置かれていた。孝明は棚の番号を確認しながら、宇宙人シリーズの資料を探していた。

上の棚を見たり下を覗《のぞ》き込んだりすると、うさぎの耳もそれに付き従い上下に揺れる。膝を折って中腰になると孝明の尻が突き出るが、あるはずの尻尾がスラックスに隠れて見えず、残念だ。

「どこを見ているんだ」

「課長」

「私を見ずに、仕事をしろ」

「はい。すみません」

なんだ、ここのはずなんだがな……と、孝明は言いながら形のいい唇をちょっぴり尖《とが》らせている。

「課長はどうして大昔のパンの資料を見たいんですか？」

「当時売れたんだろう？」

「俺が覚えている限りは……」

「キモ可愛かったのか？」

「当時そういう呼び方はなかったんですが……あ、見つけました」

棚から宇宙人シリーズの資料の入った箱を取り出して、部屋の中央にあるテーブルに置く。資料は基本持ち出し禁止だからだ。貸し出してもらう場合は、申請が必要だった。

「懐かしいですけど……」

資料には、宇宙人シリーズとして出されたパンの写真も多数ついていた。惑星にちなんで作られたようで、火星人パン、水星人パンなどと名付けられていた。

太陽人パンはオレンジ色。焼き印で付けられた顔は、目がくりっとしていて、口は逆三角の笑顔。野球やサッカーのチームマークにありそうな感じだ。

だが、他の火星人パンは怒ったたこのような顔で、可愛さの欠片もない。水星人パンは半漁人、土星人パンに至っては表現しがたい異様な生き物だった。

当時何故こんなのが売れたのだろう。

「……今見てもやっぱり好きになれないな。俺、この土星パンが無茶苦茶怖かったんですよね」

笑いながら顔を上げると、孝明はやけに真剣な顔で写真を見つめていた。

「……やはり子供はこういうキモ可愛いのが好きなのか」

「世間のキャラクターものが、キモ可愛いものばっかりじゃあ飽きますよ。ただ、社長がおっしゃりたように、可愛いだけでは妖怪パンには太刀打《たちう》ちできないでしょうね」

「私が一番そのことに気づいているよ」

「あ……すみません」

「何故謝るんだ。君の杞憂《きゆう》はもっともだ。それでも私は可愛いうさぎにこだわりたい」

孝明は資料を閉じると、箱に戻して蓋《ふた》を閉じた。

彼の横顔には憂いが色濃く表れている。きっとうさみみパンのことで葛藤しているのだろう。

可愛さにこだわるか、そこを曲げるのか。

どちらにしても、店頭に並んでみなければ、結果は分からない。

「妖怪パンは妖怪ブームにちょうど乗っかって馬鹿売れしてるんですから、商品の善し悪しだけで勝負したわけじゃないので、ずるいですよね。うさみみパンにも何かそういう、乗っかれるものがあるといいんですけど」

世間の動向をいつも以上にチェックして、うさぎに関してなにかブームになるような出来事を探すのだ。どこかの動物園で、手を繋いで眠る仲良しうさぎとか、逆立ちするうさぎとか、しゃべるうさぎとか……何か話題になるうさぎが出てきたらそこへ向けてうさみみパンを発売する。きっとブームになるはず。

もっともそう簡単にこちらが意図した話題が出る可能性は低いが。

「うさぎブーム。いい響きだな。みな幸せになれそうだ……」

孝明は、資料の箱を持ってつま先立ちして、本来あるべき棚に載せた。

すらりと伸びた身体。細いのに痩せすぎているわけではない。彼の腕は若竹のようにしなやかで、触れ合った肌は滑らかだった。

なによりあの尻尾は、快楽の源だ。勃起した雄に触れるあの柔らかい毛の感触は、えもいわれぬ快楽を櫂人に与えてくれた。

夢にまで見た孝明とのセックスは、最高だった。が、身体だけの関係など不毛だ。

課長とラブラブになりたい――。

「惚《ほう》けた顔をしてどうした？」

「えっ……あ……惚けてはないです。俺……素敵な課長に見とれているんです。あの……俺の気持ち……分かってもらえてます……よね？」

孝明は櫂人をじっと見つめたまま、スラックスの上から尻を掻いた。

「課長？」

「やはり尻が痒い。尻尾を狭い場所に押し込めているから、蒸れているようだ」

「課長！」

「なんだ」

「俺の話、聞いてました？」

「何か言ってたか？」

「……いえ。たいしたことじゃないですから……」

ここまでくると悪意があるように思えてならないが、孝明は天然だ。尻尾が痒くて本当に聞いていなかったのだろう。

「そうか……」

と言い、孝明はまだ尻を掻いている。

俺が掻いてあげたい――！

「そんなに痒いんですか？」

「ああ」

「ここ、誰もいませんし、ちょっと脱いで掻いてもいいですよ」

「……そうだな」

孝明はベルトに手を掛けたが、チラと櫂人を見て、やめた。

「どうしたんですか？」

「治まった」

「ここで掻いていいんですよ」

「……いや、いい」

「誰も見てませんし」

「問題は解決したんだが」

「課長……意地悪言わないでください」

「意地悪？　ただ痒くなくなっただけだ」

「本当に？」

「それ以外何がある？」

櫂人の言葉が理解不能とでもいうように、孝明は困惑していた。

「そうですね」

彼は櫂人の下心に警戒したのではなく、単に痒くなくなったので、ベルトから手を離したようだ。

警戒されて距離を取られるのも悲しいが、痒みが治まらなかったらためらいなくスラックスを脱いでいたであろう孝明に、なんだかおもしろくない。

結局、櫂人の気持ちは欠片も伝わっていないということだ。

「戻るか」

孝明はいつもより窮屈そうな尻をこちらに向けた。櫂人はその尻に飛びかかりたい欲望を必死に宥めて、資料室を後にした。

企画課に戻ると部長の中川啓司《なかがわけいじ》がやってきた。

もともと妖怪パンを企画しヒットさせた功績で、A班の課長から営業管理部の部長に昇進した。そのせいか、部長として平等に各班を統括しなくてはならない立場であるにもかかわらず、妖怪パンをひいきするところがあった。もっとも自慢したくなるほど妖怪パンは売れているのだから、仕方がないのだろう。

啓司は孝明と櫂人を順に見て、啓司に視線を戻した。

彼の太い眉に、深い陰《かげ》を落とす目元。鼻も顔の幅も顎《あご》も存在感がある。くせのある髪を後ろに撫でつけたオールバック。立派なもみあげ。手の甲に毛がもっさり生えているので、きっと胸にもみっしり生えているはず。

彼は全てにおいて濃い。そのせいで女子からは密かにラテン部長と呼ばれていた。

仕事はできるが気障《きざ》で陽気。挨拶《あいさつ》からすでに口説き文句になっているせいで、女性関係のトラブルが絶えなかった。もっとも手が早いというわけではなく、女性をその気にさせる言動が問題なのだ。が、本人は無自覚だった。

耀人は、啓司が孝明に何事にも粘着してくるので、以前からそれとなく気を配ってきた。

「何かご用ですか？」

孝明が尋ねると、啓司はしばらく無言でうさぎの耳を興味深げに眺めていた。孝明のうさぎの耳はどうみても本物っぽく——本物だが——ピクピクと震えて、啓司の方を向く。

「……いや、長谷川君がさ、うさぎの耳まで生やして、新商品を売り込もうとしていると聞いたから、これは見ておかないと……と、思ったんだよ」

啓司が孝明の耳に手を伸ばすそぶりを僅かでも見せたら阻止するのだ。耀人は近くの机に立ててあった定規を後ろ手に摑んでそのときに備えた。

「いやいや……すごいねぇ。私にはとても真似できないよ」

「中川部長もどうです？　妖怪のコスプレをなさったら話題になるでしょう」

「そこまでなりふり構わなくてもうちの妖怪パンは売れるから、必要ないね」

また始まった——。

耀人は嫌みを織り交ぜて話している啓司に、内心腹を立てつつも聞き耳を立てる。

「私は妖怪のコスプレをする中川部長を拝見したかったですが……子泣きじじいや小豆《あずき》洗いはいかが

です？　きっとお似合いです」

「長谷川君は本気で言ってるのかい？」

「そうですが、何か？」

「私に妖怪のコスプレが似合うと思っているのかい？」

「いけませんか？」

孝明は真面目に会話をしている。決して啓司をからかっているわけではない。どうも孝明は自分がうさぎを愛するように、啓司も妖怪を愛しているのだと思っているようだ。

だが彼らの思いには大きな溝があるのは明らかだ。気づいていないのは孝明だけ。

「……………その耳、笑いをとろうとか、冗談とかじゃなかったんだね」

「もちろんです」

啓司は手を後ろで組みながら、櫂人の方を向いた。

「なあ長谷川課長の金魚のフン池田君。君のところの上司はご乱心かな？」

「いえ、いたって真面目です。そして俺は金魚のフンではありません」

櫂人がはっきりと言うと、啓司はふたたび孝明に向き直る。

「長谷川課長、君のところの部下はしつけがなっていないよ」

「申し訳ありません。若者はたいてい年長者の言うことを聞かないもので、私も時々困っています」

「……君は私を年寄りだと言ってるの？」

「ああ、そうも言えますね。若者からすると年上は全て年寄りです」

孝明はかすかに口の端を上げる。彼は微笑みかけているわけではないのだが、それだけの仕草で人を魅了してしまうのだ。啓司も例外なく孝明の、花が匂い立つような笑みに、目が奪われている。

そんな人を間近で見るたび、櫂人は嫉妬《しっと》してきた。

孝明は自分の容姿が人並み外れていることは理解しているようだが、人を惹きつけていることは分かっていない。

「……まあ、そうだけどね」

啓司は背で組んでいた手を解いて片方を口元に持ってくると、咳《せき》払いをした。

「ところで本当によくできているね。ふわふわの毛も、うっすら透けている血管も本物みたいだよ」

「どうも」

孝明は、持ち帰ったうさみみパンのデザイン画が描かれた資料を見下ろしていた。彼はいま啓司と話すことより、眼鏡のデザインのことで頭がいっぱいなのだ。だから意識がそちらに取られて無防備になっている。櫂人はこういう孝明が心配だったのだ。

当然ながら啓司はチャンスとばかりにうさぎの耳に手を伸ばした。櫂人がそれを見逃すわけはなかった。

「……っ！」

　櫂人は二人の間に回り込み、啓司の手を三十センチの定規で阻止した。横目で睨み付ける啓司は、定規を手の甲で払うと、またもやうさぎの耳を摑もうとした。当然、櫂人は阻止する。

「さっきからなんだ、金魚のフン。少し触るくらい構わないだろう」

「実はとても壊れやすいものですから、触らないでください」

　定規でしこたま叩かれた手を撫でながら、啓司は不満げな顔で、孝明に言った。

「長谷川課長」

「なんでしょう？」

「それ触らせてよ」

「お断りします」

「どうしてだよ」

「一人に触らせると、全員にそうさせなくてはならなくなります。それでは業務に支障が出ますから」

　なるほどいい断り方ですよ、課長！　と、内心感心しつつ、啓司が強引な手を使わないよう、気を抜かずに様子を窺う。

　孝明といえば自分の危険に無関心なのか、自分の机にデザイン画を並べて見下ろし、考え込んでいた。啓司はつれない孝明に食い下がる。

「……そう固いこと言わずに……ね」

啓司が粘っていると、パーティションで仕切られた向こうにある、新商品企画課のC班が急に騒がしくなった。孝明の関心がそちらへ移ったのを幸いに、今度こそはとうさぎの耳に伸ばした啓司の手を櫂人は摑んだ。

「や・め・て・ください」

「……分かったから、そう睨まないでよ」

怖いね、金魚のフンは……と、啓司はぶつくさ呟いていたが、隣のざわめきが尋常ではなくなり、さすがに無視できなくなったようだ。

「なんだろうね」

「私が窺ってきましょう」

孝明が隣を窺うように顔を向けると同時に、卓上のパソコンからメールの着信音が響いた。それを身を屈めて覗き込み、孝明は整った眉をひそめる。

「長谷川課長、どうされました？」

「営業管理部の課長職以上の職員は会議室に今すぐ集まるようにとのお達しだ」

「緊急ですね」

「CC欄に中川部長の名前もあります。そちらのパソコンにもメールが届いているのではありません

か？」

「ああ、確認するよ」

啓司はようやく孝明の側から離れ、自分の席に戻っていった。だが自分のパソコンに届いたメールを確認すれば、すぐに戻ってくるはず。

「俺も行きます」

「君はいい。招集が掛かったのは役職だけだ」

「でも……」

「うさぎの耳は私が死守する。大丈夫だ」

孝明はなんでもないことのように言い、啓司と出て行った。心配だったが、待つしかない權人は孝明の代わりに生産部で聞いた話を、宣伝部に伝えようと、席を立った。


会議室には営業管理部の課長職以上の者が集まっていた。その中で、新商品企画課C班の課長である米沢《よねざわ》が、今にも倒れそうなほど青ざめていて、部下が必死に宥めている。孝明と同じく事情が分からない者はみな、回りを見ては同じ課のものと顔を見合わせていた。

異様な雰囲気が漂う中、専務と常務が入ってきた。

「急な呼び出しをして申し訳ない。だが緊急を要する事態になった」

専務はそう言いながら常務と共に席に着くと、秘書に資料を配らせた。資料が手元にくると、招集された理由がすぐさま分かった。

「来月発売予定だった『おにぎりパン』だが、三日後、似たようなパンが他社から発売されることになった。そのため後発となるうちの『おにぎりパン』はしばらく発売を延期することになった」

専務の言葉に、C班の米沢課長がテーブルを叩いて、うなだれた。内心では相当腹を立て、また混乱しているに違いない。

「単なる偶然だったのか、もしくは内部情報が漏れたのか、この件についてはしばらく社内で調査をすることになる。何か知っている者、様子がいつもと違う部下がいるという者は、知らせて欲しい」

緊急会議は三十分ほどで終わり、解散となった。孝明も会議室を後にしようとして、専務に引き留められた。

「長谷川課長、ちょっと、いいか」

「なんでしょう？」

「実は、いま計画している新商品について発売期日を早められるものはそうするようにと社長命令が下りた。『うさみみ課長のパン』も例外ではない。こちらも発売を早めたいというのが社長の意向だ。

長谷川君、どうだろう。できるか？」

いつ『うさみみ課長のパン』に商品名が変更になったんだ。

私は納得していない――。

という反論は後回しにして、まずはうさみみパンの発売についてだ。

デザインの変更もまだだし、最終単価も決まっていない。発売日を早めるにはクリアしなければならない課題がずいぶんと残されている。

けれどもし社内にスパイがいて、また新商品を先に発売されたら、掛けた時間も労働力も経費も全てが無駄になる。なにより大事に育ててきたうさみみパンが他社に取られるなど、考えたくない。

「善処します」

「そう言ってもらえて助かるよ。社長が『うさみみ課長のパン』をやけに気に入っておられてね。仮に他社が似たようなパンを先に発売したとしても、アイデアはうちのものだという手を打っておきたいそうだ」

「先に新商品の広告を打ちますか」

「いや、まずは社内報。次に会社のＨ　Ｐ《ホームページ》に載せて、ネット中心に展開する予定だ。発売が決まっていない商品に、まだ金を掛けられないというのが本音だが。発売日が決定すれば、大々的にする。とにかく『うさみみ課長のパン』を、販売できるまで仕上げてくれ」

社としてうさみみパンに期待を寄せてくれている。その熱い気持ちが専務から伝わり、孝明は感動すら覚えた。

孝明は「必ずご期待に添います」と答えた。専務は満足そうに頷く。

「それと、今すぐは無理だろうから、明日にでも準備をして広報部に行ってくれないか。まずは社内報用の写真を撮ってもらう。話はすでに通してあるよ」

「分かりました」

社内報では、現在開発中の新商品の紹介をするコーナーもある。ただ、開発中なので、公表できる範囲はかなり狭い。しかも社内報に載せたら待ったなし。発売まで日はなくなる。

孝明自身は社内報に載せるのは時期尚早だと思うのだが、会社の考えとは違う。むろん従うのは従業者だ。

実物の写真をどこまで載せるかは分からないが――モザイク姿のものもかなりある――自分の部署に戻ったら、試作品とパッケージデザインを用意しなければならない。

「そうだ、長谷川課長」

「なんでしょう？」

「いいね、そのうさ耳。本物みたいだよ」

「ありがとうございます」

「触っていい？」

うさ耳を指差され、孝明は距離を取って頭を下げた。

「申し訳ありません。みなにそう希望されていて困っている次第です。なので全ての方にお断りしています」

「そうか……残念だ」

専務は啓司ほどしつこくはなかったが、残念そうな顔で会議室を出て行った。

それほど触りたいものなのか――。

孝明は自分でうさ耳を触ってその感触を確かめた。ほんのり体温があって、高級な絨毯のような滑らかな手触りだ。何時間でもこのうさ耳と戯れたいと思うだろう。耀人が言うとおり、人には触らせない方がいい。

孝明がそんなことを考えながら新商品企画課に戻ると、耀人が心配そうに駆け寄って来た。

「課長、何があったんですか？」

「うさみみパンの記事を社内報に載せることになった。各部署に連絡をして変更対応を早めてもらわなければならなくなった」

「発売日が決まったんですか？」

「まだなんだが、うさみみパンの発売日を早めたいそうだ」

「それが緊急会議の理由ですか？」

孝明は櫂人に小声で言った。

「いや……C班の新商品『おにぎりパン』と似た商品がもうすぐ他社で出る。うちはしばらく販売延期だ。スパイの疑いもあるそうだ。だから発売を控えている新商品はできるだけ発売日を繰り上げたいらしい」

「さっきC班の米沢課長が、死にそうな顔で帰ってきました。それが理由なんですね」

先ほどは騒がしかった隣は、今では通夜のように静まりかえっている。気にはなるが、いま誰に声を掛けられても、慰めにはならないだろう。

孝明はまず宣伝部に内線を掛けた。デザインの変更を急いでもらうためだった。


慌ただしい一日を終えた孝明は、仕事帰りに東都大の研究室に立ち寄ることにした。一人で向かうつもりだったが、当然のように櫂人はついてきた。

もっとも櫂人が車を運転しているのだから、自然とそうなっていたのだが。

孝明の車を運転している櫂人の様子をそっと窺う。

燿人の横顔は大人になりきっていない、どこか幼さが残っている。そのくせ仕事中はやけに大人びた顔をみせるのだ。

いや、ベッドの中でもそうだった。上司に逆らったことのない燿人があのときばかりは言うことをきかなかった。驚くほど強引で、組み敷いた手は力強かった。

なのに嫌悪感はまるでなく、ああいうことをした燿人に腹を立てるわけでもない。むしろ火傷《やけど》しそうなほどの情熱に触れて、そう悪くなかったと、何故か感じ入っている。

彼の舌がうさぎの耳に触れたときに身体を走った、あの電気のような痺《しび》れは、一体なんだったのか。尻尾の付け根はさらに危険だ。あそこをほんのちょっぴり触られただけで、身体中の力が完全に抜けて、燿人のいいなりになってしまう。

本物のうさぎも、同じように感じているものだろうか。けれど、うさぎの尻尾を触ったら、最悪噛みつかれるだろう。あそこは急所だからだ。

「俺の顔に何かついてます？」

孝明の視線に気づいたのか、前を向いたまま尋ねてきた。

「……いや」

「あっ、俺の顔に見とれてたんですね。格好いいとか、いけてるとか、思いました？　わ～そうだったら嬉しいです」

耀人は、遠足を明日に控えた子供のように、嬉々としている。

「違う。ただ……うさぎも耳や尻尾を触られたら、気持ちいいと思ってくれるのかと、いろいろ考えていた」

「ええっ。俺の横顔を見てうさぎのことを考えていたんですか？」

最初はそうだったが、結果としてうさぎについて考えていたのだから、間違ってはいない。

「いけないか？」

「いいですよ。でもうさぎとうさぎの間でいいので、俺のことちょっと考えてください」

「君のこと？　ああ、考えているよ」

「えっ、た……たとえばどんなことですか？」

「……池田君、そこ右折だぞ」

「あっ、はい」

耀人はカーナビの指示をようやく耳にしたのか、ハンドルを切って右折した。道の先には母校である東都大の建物が見えた。建物の敷地を囲む門に沿い移動して、駐車場へ向かった。入り口の受付で入館証をもらい、所定の位置に車を停める。

孝明はシートベルトを外しながら言った。

「君はここで待っていてくれ」

「いえ。ついて行きます」

「……」

連れていくのは問題ないが、なんとなく気が進まない。

「何か問題でもありますか？」

「いや。東海林はちょっと変わっているから、突拍子もない言動があっても、気にしないでくれ」

「大丈夫です。慣れてますから」

「慣れる？」

「いえ、何でもないです。行きましょう」

燿人は、誤魔化すように笑って、行き先も知らないのに先を歩き出した。孝明は追い越さず並んで歩くと、柊理の研究室に向かった。

柊理とは政治学の講義で偶然隣に座った日から馬が合って、今も交友関係が続いている。孝明が生真面目で型どおりの考え方しかできない優等生タイプだとすると、柊理は型破りな天才タイプの変人だ。お互い欠けている部分にあこがれるのか、卒業後も定期的に会って親交を深めている。

「そういえば東海林さんって、どんな研究をされてるんですか？」

「彼は工学部の第三研究室で透明アルミニウムを実現させようと研究している。子供の頃見たＳＦ映画に出てきた発明品らしい。それを実現するのが夢になっているそうだ」

「え、じゃあ……動物関係ないですよね。どうして研究室にネズミやうさぎがいるんです？」

「動物に話しかけると、頭の中に溢れる数式が整理されるという。好ましい効果を与えてくれるからだそうだ」

「でも……動物とは会話はできないですよ」

「彼は反論されるのも、同意されるのも、分かったように話されるのも、そのどれもがストレスになるらしい。その点、動物はただそこにいるだけだからな」

「ちょっと寂しい気がするんですけど」

「頭の中だけで出ない答えも、それを言葉として発することで聴覚を刺激し脳を働かせているんだろう」

俺は返事してくれる人間相手の方がいいなあ……と、呟く櫂人に、確かにそうだと孝明も心の中で同意する。

これでも孝明は——そう見られがちなのが困りものなのだが——孤独を愛する性格ではない。

飲み会で話題を提供するのは苦手だが、楽しく酒を飲む人たちを見るのは好きだ。笑顔や笑い声は人を幸せな気分にしてくれるから。

なのに同性には煙《けむ》たがられて、昔から遊びや飲み会の誘いはほとんどなかった。

異性とは何度か食事に行ったことはある。けれど、どういうわけか次の約束をされたことがない。

きっと孝明には人として大きな欠陥があるのだ。それが何か、誰も教えてはくれないが。

同性に距離を取られ、動物に嫌われてきたからこそ、唯一懐いてくれたうさぎが好きなのかもしれない。

「課長、ここが第三研究室じゃないんですか？」

耀人から声を掛けられ立ち止まる。顔を上げて扉のプレートを確認した。

工学部第三研究室の名前の下に東海林柊理の名札があり、表示は在室になっていた。

「ああ。そうだ」

考え事をしていて、通り過ぎるところだった。

孝明は扉をノックして、来訪を告げた。すぐに扉の鍵が開く音がする。孝明は扉を横にスライドさせて、足を踏み入れた。

奥の窓下に沿うよう細長いテーブルが置かれていた。その上に、大小様々なケージが並べられている。中にうさぎやネズミが入っていて、寝ていたり歩き回っていたりしている。

ケージを背にするよう事務机が置かれていて、その傍らに東海林柊理が立っていた。

柊理は白のシャツに黒のスラックスというラフな格好の上に、皺だらけの白衣を羽織っていた。栗色の髪に同じ色の瞳。小顔で、白目が少ない目はくりっとしていて、童顔。顎は逆三角形でほんの少し尖っている。外から招いた講師に、学生と間違われることが多いらしい。

櫂人は柊理を凝視して固まっている。彼が准教授にしては若く見えるという理由ではなく、たぶん頭に生えているうさぎの耳に釘付けなのだろう。

「イングリッシュアンゴラ……か」

「いいでしょう？」

柊理が頭に生やしているうさぎの耳は毛足の長いタイプで、先端が重みで下がっている。イングリッシュアンゴラと呼ばれる種類のうさぎだ。

「ところで……長谷川ならいつでも大歓迎ですが、入ってきていきなり『イングリッシュアンゴラか』はないでしょう」

「ああ、遅くに悪かった」

「いえ、いいんですよ。それで……後ろにいる彼はどちら様でしょう？」

柊理は首を伸ばすように顔をこちらへ向けると、孝明の傍らに立っている櫂人を見つめた。そういえば彼の話をしたことがあるが、連れてきたのは初めてだった。

「うちの部下の池田櫂人君だ」

櫂人は「ご挨拶が遅くなりました。初めまして、池田櫂人です」と言い、ぺこりと頭を下げる。彼の爽やかな笑顔を見て、いつもの彼に戻ってくれたと、孝明は内心ホッとした。

「あっ、長谷川からよく話を聞いていましたよ。君が人たらしの熱血君ですね」

「長谷川課長は俺のこと人たらしの熱血君って呼んでるんですか!?」

今度は傷ついた表情を浮かべた櫂人に、孝明の方が心配になってきた。『人たらしの熱血君』の愛称は彼にとって好ましいものではなかったようだ。

「いや、違う。私は言ってない」

「あ、熱血君。それは僕の個人的な感想です。ああまた話が逸れてしまいました。僕の名前もまだでしたね。東海林柊理といいます」

二人は机越しに握手した。柊理にじっと見つめられた櫂人は、ちょっと照れたように頭を掻く。

「……その耳……東海林さんも生えてきたんですか?」

櫂人が恐る恐る聞いている。

けれど本物にはほど遠い造りの甘さが、孝明には見てとれた。

「あ、これですね? 違います。長谷川からメールをもらって、うさぎの耳が生えてきたというので、僕もつけてみたんですよ。仲間がいると長谷川も安心でしょう」

「仲間……」

「まだ予備がありますよ。君もひとついかがですか?」

引き出しから自分と同じ種類の髪飾りを取り出して、柊理は微笑んだ。櫂人は人たらし全開の笑顔で言った。

「いえ、お気持ちだけいただきます」

「なんでしょう。断られているのに……嫌な気がしませんね」

「だから彼は人たらしなんだ」

「そうでしたね。確かに……そういう顔をしています。集団行動において人間関係を円滑にする潤滑油たりうる貴重な人材を部下に持てる長谷川が僕は羨ましいです」

「褒めすぎだ」

と言いつつ、自分の部下が褒められると孝明も嬉しい。思わず笑顔になっている傍《かたわ》らで、櫂人は首を傾げている。

「どうした？」

「あのう……課長。俺……褒められてた気がしないんですが」

「君は謙虚だな」

「えっ。ち、違いますよ……いえ、いいです」

今日の櫂人は様子がおかしい気がする。どうしたのか聞こうとしたが、先に柊理が話し始めた。

「さあ本題に入りましょう。長谷川、その帽子を取って僕に見せてください。もう、メールをもらってからずっと楽しみにしていたんです」

柊理に言われてすっかり本来の用事を忘れていたことを思い出す。

孝明は帽子を取って、柊理に見せた。

「……これだ」

「…………………」

柊理は孝明の方へ回り込むと、あっという間に耳を摑んだ。耀人が「あっ！」と言ってその手を引き離そうとするのを、孝明が止めた。

柊理はうさぎの耳を隅々まで触りながら、ぶつぶつと独り言を口にし始めた。

「温かい……ということは、血が通っているのですね」

「そうだ。しかも上下左右に動く。それに……指で触ると感触が伝わる」

「……フロリダホワイトの『ちくわ』と同じです」

「ちくわ？」

と言ったのは耀人だ。

柊理は孝明のうさぎの耳から手を離すと、机の背後にあるケージから、一匹のうさぎを取り出した。

孝明もよく知る、そして彼の研究室に通う理由となっている、うさぎだ。

「このうさぎの名前です。可愛いでしょう」

柊理は手の中のちくわを撫でながら、耀人に見せている。

そのちくわには、あるべきものが消えていた。

「あの……可愛いですけど……耳がないですよね？」

「そうなんですよ。今朝、来たら耳が消えていたんですよ。昨日はあったはずなんですが……」

長くて愛らしいちくわの耳は消えて、あったはずの場所は、ふかふかした毛で覆われていた。よく見ると尻尾もない。

「ああ。長谷川はこの間ちくわに噛まれたでしょう」

「ああ。だから原因はちくわかと思って、聞きに来たんだが……」

「原因は僕にも分かりませんが……長谷川に生えて、ちくわから耳が消えたということは……原因はちくわなんでしょう。もっとも、うさぎに噛まれた人間に、耳が移動したなんて……聞いたことはありませんが」

「結局、原因は分からずか」

「ええ。……あれ。ちくわは尻尾も消えています。ということは……長谷川、もしかして尻尾も生えましたか!?」

柊理の目が爛々《らんらん》と輝き、期待に胸を躍《おど》らせているのが分かる。うさぎの耳を見たいと言ったときとはまるで違う反応だった。

「……まあ、尻尾も生えている」

「是非見たい。見せてください！」

と、詰め寄ろうとする柊理の前に立ちはだかったのは糴人だった。

「だっ、駄目です。尻尾は駄目ですから！」

「どうして駄目なんでしょう？」

柊理は抱き上げたうさぎを撫でながら、糴人の身体越しにこちらを覗いて、眉を顰《ひそ》めている。孝明も糴人の剣幕に驚くばかりだ。

「そうだ、どうしてだ？」

「……どうしてって……長谷川課長！」

え、分からないんですか⁉　と、続ける糴人に、きっとこういう理由なのだと思われることを口にした。

「ああ。池田君は尻尾だけでなく、うさ耳も本当は触らせたくないそうだ。まあ、東海林も私の尻など見たくないだろうから、あるとだけ言っておこう」

「僕と長谷川の仲でしょう。見せてください。でなければちくわはもう触らせません」

柊理の手がちくわの頭を撫でた。ちくわは嬉しそうに頭を上げて、鼻を動かしている。うさぎだけが孝明を好きでいてくれる。昔も今も。

「それは……反則だ」

可愛いちくわ——。

孝明が溺愛しているうさぎ。真っ白の毛に覆われている、ふわふわの生き物。耳と尻尾がなくても、愛らしさはひとかけらも失われていない。いや、うさぎの魅力にますます磨きが掛かって、くりっとした赤い目と小刻みに動く鼻が孝明を誘う。

「……ちくわのためなら尻尾くらい……」

「絶対に駄目です！」

櫂人が肩越しに睨み付けてくる。こんな強い光を瞳に宿らせた櫂人を孝明は見たことがない。何故か鳩尾の下辺りが彼の目に反応して妙な疼きを伝えてくる。

なんだか変だぞ――。

「……君たちはそんな関係なのですか？」

柊理が意外なことを口にした。

「そんなとはどんな関係だ？」

「いえ。僕に長谷川の尻を見られたくないと抵抗する君の部下との関係を尋ねています」

「彼は私の部下だ」

「部下というのは、上司の尻を友人に見せたくないものでしょうか。同性ですし別に構わないものでしょう」

孝明もそう思う。櫂人だけが抵抗しているのだ。

もっともその理由は先に聞いていたが。

「きっと彼は私のうさ耳を護ってくれようとしているんだ。これはうちの新商品を売り出すための、大事な宣伝アイテムだからな」

「なんでしょう……いろいろ突っ込みたいのですが、どれからにすればいいのでしょう……」

柊理はちょっと考え込んだ後、言葉を重ねた。

「爽やか君、長谷川はいつもこんな感じなんですか？」

「池田です」

「僕、名前を覚えるのが苦手なんですよ。じゃあ、金魚の……」

「爽やか君でお願いします」

「では、爽やか君にお尋ねします。長谷川はこの僕にも理解できる、爽やか君の欲望がたっぷり込められたいやらしくも淫らな視線に気づいていないのですか？」

「池田君は……全体的にいやらしい視線をしているのか？」

柊理の言葉をすべて引用するのも面倒で、孝明は簡潔に言った。が、櫂人はかんに障《さわ》ったのか、珍しく怒っていた。

今日は櫂人の新しい一面ばかり見せられている。彼も腹を立てることがあるようだ。

「は!?　ちょっと東海林さん、いくらなんでもその言い方は、失礼ですよ」

「僕の勘違いですか？　ならそう言ってください。僕はただ爽やか君がどんな気持ちで長谷川を見つめているのかを彼に説明しようとしていただけなのですが……余計なお世話だったのですね」

「え、いえ……お察しの通りです」

「気づいていいはずですが」

「そうですよね！」

「長谷川だと難しいでしょう」

「はい。分かっていただけて俺……嬉しいです」

先ほどまで言い合っていた二人が、急に打ち解けたように話し出す。孝明には理解を超えていた。

「二人してなんだ⁉」

「事情は理解しました。尻尾はひとまず諦めましょう。とりあえずうさぎの耳の話に戻りますが……長谷川がちくわを連れ帰ってください」

柊理はそう言うと、ゆるりとした足取りで、孝明の側までやってきた。そして自分が抱えていたちくわを孝明の手に載せ替える。

ちくわは逃げる様子も見せず、孝明の手の中で丸くなる。白い毛の塊《かたまり》は羽毛のようにふかふかで、極上の手触りだ。

「ちくわ……可愛いな」

温かくて、小さな生き物。耳や尻尾がなくても、可愛い。時々顔を上げ、鼻先をヒクヒクさせながら前歯を見せる。その仕草も愛おしくてたまらない。けれどうさぎは無防備だ。こうやって手の中で護ってやらなければ生きていけないだろう。それには覚悟が必要だ。飼いたい気持は誰よりもあるが、命に責任が持てない。やはり孝明には無理だった。

「うさぎが好きでずっと飼いたいと考えてきたが……私には飼えない」

孝明が柊理にうさぎを返そうとしたが、きっぱりと断られた。

「いえ、長谷川に連れて帰ってもらいます。ちくわが、長谷川の頭に耳が生えた原因だからですよ。一緒に生活すれば、耳も尻尾もいずれあるべき場所にもどるでしょう」

「……私は……」

「昔からうさぎを飼いたいと望んでいたのでしょう。今のマンションもペット可のものだと僕は知っていますよ」

一人暮らしができるようになったら、うさぎを飼う――。

そう決めてきたのに、ずっと先延ばしになっている。自分に世話ができるのか、すぐ死なせてしまったらどうするのだ。なにより飼ったうさぎに嫌われたら立ち直れない。

そんな不安から、ペットショップに頻繁《ひんぱん》に通っていても、購入まで至らなかった。

実家で一度でも動物が飼われていたら、ここまで消極的にならなかっただろう。

「爽やか君。君は何かペットを飼ったことがありますか？」

「犬ならありますけど……」

柊理はそれを聞くと、窓際においたケージを一つ抱えて、櫂人に渡した。櫂人は困惑しながらもすでに受け取ってしまっていた。

「必要なものをまとめておきましたので車に載せてください。そして爽やか君が責任を持って長谷川のマンションに持ち込んでください。他にもまだありますから先にそれを持って行ってください。さあ、行ってください！」

「え、あ、はい。じゃあ……俺、ちょっと車まで行ってきます」

孝明が櫂人を止める間もなく、彼はケージを抱えたまま、部屋から出て行った。どうして柊理の言うままに行動するのだ。まず上司である孝明にどうするか尋ねるべきだろう。

「爽やか君。なんだか大変従順なしもべですね。悪くないですよ」

「東海林、本当に私にうさぎは……」

チッチと口を鳴らし、柊理は頭を左右に振った。こうなると柊理は自分の意見を曲げない。

どうする――。

手の中でモゾモゾと動くちくわに、孝明は自然と笑顔が浮かぶ。ここまできたら飼うしかない。心のどこかでそれを望んでいたのは孝明自身だ。またちくわを見下ろす。いますぐほおずりしたいほど、愛らしい。

きっと、うさみみパンを成功させるために、本物のうさぎを飼えという、パンの神が導いてくれているのだ。

ちくわを飼うしかない――。

「……分かった」

決心してしまうと迷いが消えた。柊理もずっと飼ってきたのだ。孝明が飼えないわけがない。

「ところであの爽やか君は、長谷川にとってどういう存在なんでしょう」

「ただの部下だが……」

そこまで言って、ふと柊理なら相談できるかと思って、続けた。

「……好きだと言われた」

柊理は机に軽く凭《もた》れて両手を掛けると、興味深げな顔をした。

「愛しているという意味の告白でしょうか」

「……その辺りはよく分からん。最近の若者が何に興味を持つのか理解ができない私に、彼の言葉の意味をどう捉えていいのか、判断が付かない」

上司として好きなら、セックスはしないだろう。ということは彼は孝明をそういう対象に見ているというのだろうか。

「……どうしたらいいんだ」

未だかつて人や動物に好意を抱かれたことがない。だから好かれたいと考えてきたが、いざそれが現実になると、対応に困るばかりだ。

「長谷川の会社は社内恋愛禁止ですか？」

「調べたことはないが、普通はそうだろうな。どうしてそんなことを聞く？」

「いえ。せっかくだからお付き合いしてみてはどうでしょう。長谷川は趣味もないし、週末も暇でしょうから」

「失礼だな。暇ではない」

「週末はここにきて朝から晩までうさぎと戯《たわむ》れているのに？」

「……それが趣味だ」

うさぎグッズを集めることも含まれているが、大人の趣味ではないという自覚はあるので、口にしなかった。

「聞いたことありませんでしたが……長谷川は恋愛をしたことがありました？　片思いとかそういうのではなくて、性交渉を含むお付き合いですが」

「東海林はどうなんだ？」

「僕はそれなりにありますよ。これでも肉食系なんです。それより長谷川は大学時代そういう経験をしていなかったはずですが……社会人になってからはどうなんです？」

「……まあ、あるぞ」

実は昨日が初めてだったが、それを話すとからかわれそうで、やめた。経験したのだからいいのだ。

それが一度だろうと数百回だろうと、同じだろう。

「そうですか。なら性交渉だけできちんと付き合ったことが無いということですか……。じゃあ、試してみたらどうですか？　幸い爽やか君は長谷川に執心しているようですし。もちろん好みでないなら別の人でもいいでしょう。長谷川が希望するなら、女性でも男性でも僕が紹介してもいいですよ」

「そうだな……」

孝明が返事をする前に、櫂人が戻ってきた。


自宅のマンションに戻ってきてからというもの、孝明の機嫌がいい。

リビングの窓際脇に置いたケージにうさぎのちくわが入っている。ケージはキャスター付きで移動可。横九十センチ、奥六十センチ、高さ五十五センチの大きさ。左手奥の角にトイレ。右手手前にボトルホルダーが掛かっていて、給水器がセットされている。右手には牧草餌《えさ》の入ったトレイ。ケージの真ん中に、十五センチほど底上げした板を立て、その上に籐《とう》の籠を置いてある。ちくわはその籠に入っていた。

孝明はケージに入ったちくわをもう三十分も眺めていた。その表情は陶酔に近い。

帰りの車内でも、孝明は何度もバックミラーを確認していた。後部座席においたケージに入るうさぎを見るためだ。愛おしそうに目を細め、終始笑顔の孝明は見たことがなかった。

仕事に没頭している孝明は、笑顔など想像できない、常に真剣な表情をしていた。そんな孝明がうさみみパンのデザイン画を眺めているとき見せる幸福そうな笑みは、極上だ。こちらまで幸せな気分にさせられる。

けれど孝明の笑顔はうさぎ関連にしか向けられない。櫂人を見て微笑んだことなど皆無だ。

俺はうさぎ以下なんだよな――。

まだそれはいい。孝明のうさぎ愛がどれほど熱いものなのか、入社後にすぐに知った。誰に対しても無関心なのに、うさぎに関することには異常なほど反応が早い。机の一番引き出しの奥に、うさぎの模様のシャープペンシルを隠している。デスクマットの下にはうさぎの写真を大量に挟み込んでいるのでたわみ、机に置いた書類が波打つほどだ。資料と称してうさぎの関連本は写真集を含めて数十冊あって、机の下に積まれている。

彼は全身全霊でうさぎを愛しているのだ。

そんなうさぎに取り憑かれた孝明を耀人はまるごと好きなのだ。いつかふと何かのきっかけで、うさぎに向けていた愛情が人へ移ったら、どれほど狂おしく愛されるのだろう。そのいつかのために、決してチャンスを逃さないように、できる限り彼の視界の中に居座るのだと決めた。

今日、そのいつかがやってきたのだと、一瞬胸を躍らせたというのに——。

立ち聞きする行為は褒められたものではなかっただろう。

孝明の友人が耀人と付き合ってみたらどうだと奨《すす》めてくれたのを聞いて、答えを知りたくなった。なのにあのちょっと変わった友人は、耀人が好みでないなら別の者を紹介すると提案したのだ。孝明の答えを聞くのが怖くて、会話を邪魔するよう、部屋に入ってしまった。

俺もうさぎになりたい——！

うさぎの耳と尻尾は耀人に生えるべきだった。

そうすれば孝明に溺愛されていたに違いない。あのどこか作りものにも見える整った顔が、耀人に向かって微笑むのだ。そして、細くしなやかな彼の指が、耀人の頭を撫でただろう。

やばい、なんかむらむらしてきた——。

リビングに置いたうさぎのケージ前に座り込む孝明の背に、耀人は声を掛けた。

「課長、夕食できましたよ」

「ああ悪いな」

孝明は曲げていた膝を伸ばして立ち上がる。

一分の隙もなくスーツを着こなす孝明も好きだが、白のシャツに黒のスラックスといった楽な格好をしている彼も、悪くない。

「居候させてもらっているので、このくらいさせてください」

「自炊はあまり得意ではないから助かるよ」

と言いながら、またうさぎのケージに視線が落ちる。彼はうさぎを見下ろしながら、愛おしそうにケージを撫でてこちらへ向き直った。

「池田君、キッチンにケージを移動させてもいいだろうか」

「駄目です」

「……じゃあ、キッチンの入り口のところまで」

「駄目」

「どうしてだ」

「うさぎだけならいいです。ケージは移動させないでください」

ケージの中にはうさぎのトイレもついている。きれい好きというわけではないが、さすがに食事を摂《と》る場所に置くことは気が進まない。

孝明もすぐそれを察してくれたようだった。

「……そうだな。分かった」

彼はケージの扉を開けて、籠に入っているちくわを引っ張り出し、腕に抱いた。ちくわは半分眠っているようで、動きが鈍い。

孝明はちくわを撫でながらキッチンへ向かい、席に着いた。ちくわはおとなしく孝明の膝の上で丸くなり、目をしょぼしょぼさせている。

「ずいぶん豪華な夕食だな」

「別に豪華ってほどじゃないですよ。ええっと、手前から鮭のホイルバター焼き、ミネストローネ、アボカドとハムのサラダ、白身魚のフリッターです。皿に取り分けて食べてください」

と言いながら、櫂人が小皿に取り分けて、孝明の前に置いた。孝明は「ありがとう」と言って箸を手にする。

「……これは美味《うま》い」

孝明は鮭のバター焼きを箸で摘み、ふたたび口へ放り込んだ。そして咀嚼《そしゃく》する。閉じた唇が僅かに動き、しばらくすると喉が上下した。

人が物を食べる行為はエロティックだと誰かが言った。まさに今、櫂人は彼の唇から目が離せなくなっていた。

「池田君、ぼんやりしてどうした？」

「いえ……美味しいって言ってもらえて嬉しいです」

「君と結婚する女性は幸せだろう」

心地いい気持ちを逆なでするような言葉を、孝明はどうして口にできるのだ。

櫂人は孝明が好きだと告白した。なのに『君と結婚する女性は幸せだろう』などと言う。櫂人とはそういう関係になれないと、あからさまに分からせようとしているのか。

いや、これがノーマルの反応なのかもしれない。もともと恋愛対象として同性を見ないから、自分の言動が恋する男を傷つけていることに気づけないのだ。

櫂人にとって、好きになった相手の性別は重要ではない。付き合った相手は数えるほどだが、男女ともいる。世間では櫂人のような人間をバイと呼ぶようだが、自分がそういう人間だと思ったことはない。ただ好きになった相手が、男性のときもあったというだけだ。

そして目下、恋をしているのは、ノーマルの男。

彼と出会った日から覚悟した。こんなにも綺麗で人目を引く男に恋人がいないはずはない。きっと棘《いばら》の道になるだろうと。

もっともライバルがうさぎだとは思わなかったが。

こんなことで諦めるつもりもなければ、うさぎにも負けるものか――。

「女性は必要ありません。俺は長谷川課長でないと、幸せになれません」

「……フリッターも美味いぞ」

「誤魔化さないでください。俺は課長とセックスだってしたし、告白もしたんです。あなたがいくらこの問題から話を逸らそうとしたり、俺に別の者をあてがおうとしたりしても、無駄ですからね」

「……好きにするといい」

「え、そんな簡単なことなんですか？」

「いや……私と一緒にいればいずれ分かるだろうと思っただけだ」

「分かるって……何がですか？」

「私自身のことだ。君の気持ちだが一週間後も変わっていなければ、そのとき考えよう」

「……今じゃ駄目なんですか？」

「お試し期間はあった方が君もいいだろう？」

孝明は生真面目な顔でそう言い、中指で眼鏡を正す。そもそも孝明はからかうタイプではない。本気で『お試し期間』を提案しているのだろう。

付き合う相手として櫂人のことを前向きに考えてみようとしているのか。いや櫂人に男性と付き合うことの意味をよく考えろと問うているのかもしれない。それとも孝明自身が櫂人を傷つけまいとして、時間を与えようとしてくれているのか。

理由はなんだっていい。昨日の今日だ。なのに孝明は昨夜の櫂人の行動を責めもしないし、追い出そうともしない。少しは期待してもいいのかもしれない。

俺、少しは好かれてるんだ――。

燿人は喜びの方が勝って、満面の笑顔になっていた。

「はい。ありがとうございます」

「そんなに嬉しいのか？」

「当然です！」

「そうか」

妙だな……という表情をする孝明が気になったが、下手に質問をして前言撤回されても困る。燿人は茶碗のご飯を口にかき込んで、米粒と一緒に言葉を飲み込んだ。

しばらくすると、孝明は背筋を伸ばして姿勢良く食事を終えて「ごちそうさま」と呟き、手を合わせた。彼は食堂でも食事の後に感謝の言葉を忘れない。それは、誰かと一緒でも、一人であっても、変わらない行動だ。きちんとした家庭でしつけられたのだと分かる。そういうところも燿人は好きだった。

孝明が自分の皿をひとまとめにして手に持ち立ち上がるのにつられ、燿人も腰を上げた。

「洗い物も俺が……」

「いや、料理を作ってくれたんだから、このくらいしないとな。先に風呂へ入るといい」

「じゃあ……甘えます」

孝明はシンクに使用済みの皿や茶碗を置いて、櫂人の分も同じようにした。なんだか新婚夫婦みたいで、顔が自然とにやけてしまう。

「俺がケージにちくわを連れていきましょうか？」

「そうだな。頼む」

シャツのポケットから顔を出しているちくわを受け取り、櫂人はリビングに向かった。そこでケージの前に座り込み、手の上でモゾモゾ動くちくわを観察する。

「なあ、ちくわ。お前の耳と尻尾が課長に移ったのか？　でもさ、どうみても課長の頭から生えてるうさぎの耳は、お前のサイズのより大きいだろ。それとも人間に移動したら身体の比率に合わせて、大きくなるのか？」

耳のないちくわの頭を撫でながら確かめると、毛に隠れていたが穴はある。耳は聞こえるようだ。尻尾の方は根元からないので、小さな尻の穴が露わになっている。ちょっと可哀想だが、ちくわ的に不自由はなさそうだ。

「でもどう考えても原因はお前しか見当たらないしな……やっぱりちくわなんだろうな」

ちくわをケージに入れて、鍵を締める。すぐさまちくわは牧草餌のところに向かい、食事を始めた。ちくわも腹が減っていたようだ。

頬を膨らませながら牧草餌を食べているちくわを見ているところに、孝明がやってきた。燿人はふと思い出したことがあって、尋ねた。

「課長、裁縫道具ってあります？」

「使ったことはないが、クロゼットにある」

「俺ちょっと使いたいので貸してもらっていいですか？」

ああ、構わない……と、そこまで言って、孝明は顔色を変えて続けた。

「私が取ってくる。君はリビングで待っていろ」

孝明が集めているだろううさぎグッズの場所がこれで予想がついた。彼にとってそこは聖域なはず。勝手に足を踏み入れないよう、気をつけなくてはならない。

「分かりました。あっ、課長の下着も一枚もらっていいですか？」

「君の着替えか？」

「違います。課長のために必要なんです」

「なんだかよく分からんが……とりあえず用意する」

「ありがとうございます」

燿人は孝明から新品同様の裁縫道具と、まっさらな下着を預かった。孝明の下着は黒のボクサーパンツだ。昨夜も同じ形の下着を穿いていたので、彼の好みなのだろう。

櫂人は早速、裁縫道具の中からはさみを取りだし、お尻に切り込みを入れた。縁を糸で縢《かが》る。裁縫は得意というほどではないが、ボタン付けから簡単な補修はできる。

「……できました！」

糸を結んではさみで切り下着の両端を持って高く上げる。孝明はうさぎから櫂人に視線を移して、眉根を寄せた。

「それはなんだ？」

「じゃ〜ん。これは課長専用のパンツです！」

尻の部分に尻尾を出す穴を開けたボクサーパンツを孝明に披露した。喜んでくれると思ったが、反応はいまいちだった。

「……え？」

「ほら、課長は尻尾が蒸れてもぞもぞするって言ってたでしょう？　せめて下着の外に出せるようにって、作ってみたんです」

ようやく穴の理由を理解した孝明は、なるほどと大きく頷いた。

「悪くないアイデアだ」

「じゃ、穿いてみてどんな感じか確かめてくださいね。まだ根元が窮屈だったら、端っこをもう少し切って縫い直しますから。じゃあ、俺、風呂に入ってきます」

「分かった」

耀人はリビングを後にすると、持ち込んだ荷物から下着とパジャマを持って、浴室に向かった。


身体や髪を洗っている間に浴槽に湯を溜めた。十分お湯が溜まると、耀人は両脚を浴槽の縁にひっかけ、顎まで湯に浸かった。

課長と一緒に暮らしているなんて奇跡だよな——。

ただ孝明がいつも通りすぎて、耀人は不満だった。ぎくしゃくもしないし、空気が張り詰めることもない。相手を意識したらもう少しいつもとは違う反応がありそうだが、孝明は何も変わらない。

ちょっと拍子抜けだ。耀人はこんなにも胸を躍らせているのに、孝明からはそういう感情は一切伝わってこなかった。

耀人は男だ。彼の部下だし、年下だ。恋愛対象とするにはマイナス要素の方が多いかもしれない。それともやはり彼がノーマルだから、耀人はそういった対象にはならないのか。

「はあ……」

孝明とどう距離を縮めて、恋愛関係に持ち込めばいいのだろうか。

このチャンスを逃すことなく、彼の中のうさぎを追い出し、その先へ行きたい。

などと考えて、うさぎに敵うわけがないと、諦めににた失笑が浮かんだ。燿人は湯を顔に掛けて、気持を落ち着けた。

ふと人の気配がして、脱衣所に繋がる磨りガラスの方に視線が移った。そこには人の姿がぼんやり浮かんでいた。

「……もしかして長谷川課長？」

「そうだ、私だ。今ちょっといいか？」

まさか一緒に風呂に入りたいってこと——!?

意外と孝明は積極的なんだと、ドキドキしながら「いっ、いいですよ」と、答えた。すると磨りガラスの扉が開いた。

孝明は燿人が下着に尻尾の穴を空けたボクサーパンツ一枚穿いた姿で立っていた——が。

「池田君、どうだ？　尻尾がうまく外に出てくれないんだ。布が根元を締め付けて、痛い」

彼は下着を前後ろ逆に穿いて、穴から雄を出していたのだ。肝心の尻尾は先っぽだけが覗いている。

「かっ……課長！　前後ろ反対です！　俺が空けた穴は尻尾の穴であって、課長の息子を出す穴じゃないんです」

「……ん？」

自分の格好を見下ろし、「あっ」と声を上げると、櫂人を指した手を激しく振って笑った。

「はっ……ははは……私は一体何を間違って……はは……」

身体を折り曲げるようにして笑う孝明の顔。そして露わになっている雄。櫂人は思わず欲情してしまい、湯船から出られない状態になり、縁を掴んだまま堪えた。

「ははっ……あはは！」

櫂人は身もだえているのに、孝明は楽しそうだ。

「……ああ、久しぶりに大笑いした。普通に考えてもそうだな。……すまない」

さらに孝明はその場で下着を脱ぐと、前後ろを戻して穿き直した。確かに男同士だし、昨日はセックスしたのだから、裸を見せ合うくらいなんでもないだろう。

だが櫂人は孝明に恋愛感情を抱いているのだ。好きな相手の裸を見て、興奮するなというほうが間違いだ。問題は、孝明にそういう羞恥がないことだ。

ノーマルだとかゲイだとか関係ない。彼は櫂人のことを、ただの同居人としか見ていない。だから恥ずかしくないのだ。

一緒に暮らせることや、一週間の猶予《ゆうよ》をもらえたことを喜んでいる場合ではなかった。

櫂人が悶々と悩んでいるのに、孝明は珍しくテンションが高い。尻尾を出した下着姿で、前や後ろを見下ろし、満足そうにしている。

「こうだな。よし、悪くないぞ。下着に尻尾が圧迫されて、ずいぶん窮屈だったからな」

「……付け根は痛くないですか？」

「ああ、ちょうどいい切り込みだ」

くるりと背を向けて、孝明は尻尾を出した姿で尻を突き出した。腰から尻にかけてのラインがやけに色っぽい。これで勃起するなという方が無理だ。

「……」

「どうした？」

「課長は俺を……煽ってますよね。絶対、そうですよね？」

「なんだ怒らせてしまったのか。悪かったな」

「違います。俺が言いたいのは……その……どう見ても普通穴が空いてる方に尻尾を通しますよね？逆だなんて……誘っているとしか思えません」

「誘う？　いや、違う。本当に下着の前後ろを間違えただけだ。邪魔して悪かった。私も問題が解決してホッとしたよ。じゃあゆっくり風呂の続きを楽しんでくれ」

孝明は何もなかったようにそう言って出て行くと、磨りガラスの扉を閉めた。

「えっ、あ……課長……!?」

煽るだけ煽って、出て行くなんて酷いじゃないですか——。

半ば勃起した雄をどう宥めたらいいのだと、落胆しながら湯船の中で、ぶくぶくと息を吐き出す。孝明を風呂場から出さず、押し倒したい気になっていた。けれど昨日の今日だ。本能のまま孝明を組み敷いたら、今度こそ嫌われるだろうと、彼に対する欲求を必死に抑えた。

櫂人は雄が萎《しぼ》むのを待って風呂から上がった。脱衣所には真新しいバスタオルやローブが畳んで置かれていた。孝明が用意してくれたのだろう。

櫂人はバスタオルで滴を拭うと、自分が用意しておいた下着を穿いて、ローブを羽織った。どこかで期待しているからか、パジャマは着なかった。

もしかしてローブに孝明の香りがついているかもしれないと、前のあわせを摑んで嗅いでみた。が、ほのかな洗剤の香りしかしない。

ちょっと残念に思いつつ、髪をタオルで拭いながら、脱衣所を出た。孝明はリビングのソファに座り、書類に目を通している。

先ほどとは違い、ローブを軽く羽織って前を腰紐で結《ゆ》わえた姿で座っていた。

櫂人は彼の隣に腰を下ろして、書類を覗き込む。

「仕事を持ち帰ったんですか？　俺にできることがあったら、手伝います」

「さっきメールをチェックしたら、宣伝部からうさみみパンのデザイン画が届いていたんだ。君ならどのデザインに興味を惹かれる？」

丸眼鏡と鼻と口だけ。楕円の眼鏡に、目、鼻、口。丸眼鏡に、目、鼻、口、髭。の三種類だ。どれも可愛く仕上がっているように見えた。

「俺は……これですね」

丸眼鏡に、黒豆のような目と鼻。数字の三を寝かせたような口。髭はない。櫂人が気になったのは仮としながらもつけられていた商品名だった。

「……ところで、『うさみみ課長のパン』の商品名は決定ですか？」

「そうなるだろうな。社長が決めてしまったようだ。ただ私は……『うさみみパン』の方が可愛いと思うんだ。池田君はどう思う？」

「残念ですけど、ありがちなネーミングなので、店頭に並んだときに埋没すると思います。だから俺は『うさみみ課長のパン』に一票です」

孝明のことは好きだから同意したいが、それはできない。彼が大事に育ててきたうさみみパンだから売れて欲しいのだ。それに必要な意見を曲げるつもりはない。

「別に課長じゃなくても部長でも社長でもよくないか？」

「役職が上がりすぎると親しみがわきにくくなる気がしますが……。それについてはいくつか商品名の候補を出して、社内アンケートを採ってみるのもありですよ」

「そうするか……」

どちらにするか悩んだら、まず社内でアンケートを採るのが一番だ。それでも決まらなかったら、正式に広報に依頼し、ターゲット層の人たちを集めてもらって試食会を開く。その後、アンケートに答えてもらうのだ。こちらは謝礼も含めて経費が掛かるため、新商品は複数試作品が作られてからになるのだが。

「キャラデザは可愛いじゃないですか」

「……眼鏡が気に入らん」

「眼鏡がいいんですって。それがあっても、妖怪パンみたいなキモ可愛い系じゃなくて、普通に可愛いですよ」

「そうだろうか……」

孝明はまだ眼鏡に納得していないのか、顎を撫でながら考え込んでいる。

「……課長は気に入ったデザインがなかったのですか？」

「いや、どれも悪くないと思う。想像していたのとは違っただけなんだが……可愛くなくてはうさぎじゃないだろう。眼鏡が可愛いと私はどうしても思えなくてな。きっと眼鏡の自分があまり好きではないからだ」

「ええっ。課長の眼鏡は素敵ですよ。似合ってますし、可愛いです」

「……似合ってる？」

「はい」

「可愛い⁉」

「ええ」

孝明は一瞬、眉根を寄せて不味《まず》いものでも口にしたような表情になる。

「どうしたんですか？」

「私のどこかがまたうさぎ化しているのか？」

「えっ。いえ。そうじゃないです」

「なら、何が可愛い」

「課長が可愛いんです」

「二十七歳になるおっさんだぞ」

「おっさんが可愛かったら駄目なんですか？　それに課長はおっさんじゃないです」

孝明は眉間に縦皺を刻んだまま、櫂人を凝視している。

櫂人の言葉に疑問を抱いているのだ。可愛いと言ったことだろうか、それともおっさんか。どちらにしても、そろそろ孝明は自分の容姿がどれほど人を虜《とりこ》にするものなのか、知る必要がある。

「……課長は他人から自分がどう見られているのか、自覚していますか？」

櫂人が尋ねると、孝明は無言で立ち上がり、リビングを出て行った。もしかして怒らせてしまったのだろうか。

追いかけようとしたが、孝明はすぐさま戻ってきた。その手にはひげ剃りとジェルの缶が握られている。孝明の行動がいまいち読めない。

「あの……課長？」

孝明はテーブルに腰をかけると、自分が持っているものを櫂人に押しつけた。

「さあ、やれ」

「……な、なんですか？」

「私の身体になにか可愛いものが生えているんだろう？」

「……耳とか尻尾のことですか？」

「その他のことだ」

「その他って……」

「気遣ってくれなくても構わんぞ。大丈夫だ。予想はしていたことだ」

彼は自分だけが理解していることで大きく頷く。櫂人には予想もつかない。

「俺は課長が何を言ってるのかよく分からないんですが……」

「池田君。私が見えないところにうさぎの毛らしいものが生えているのを見つけたのだろう？」

「……は？」

「他も調べて、生えていたら剃ってくれ」

「生え……生えるって……課長の見えないところに生えているんですか⁇」

「だから可愛いと言ったのだろう？　ああ、いい。事実を隠さなくても。剃ればいいんだからな。ひげ剃りならちょうどいいだろう。カミソリも探してみたが、それはなかった。だからひげ剃りで代用してくれ」

孝明が勝手に誤解しているようだが、彼の身体にうさぎの毛など生えていない。

それを説明しようと口を開く前に、孝明がローブを脱いでテーブルの上に置いた。また下着一枚穿いた姿で立っている。

「……あの～課長ぉ。何をしておいでで？」

「確かめてくれ」

「ええっと、何を確かめるんでしょうか？」

「他にうさぎ化していないか……だ。私が確かめられないところに生えている可能性があるだろう。だから池田君が隅々まで見て、万が一生えていたら剃ってくれ」

と言って、両手を挙げて肘を曲げると、頭の後ろで手を組んだ。擢人に脇の下も見てもらいたいのだろう。

彼はどうしてこうも無防備な姿を擢人に見せられるのだ。擢人は彼に性的な欲望を抱いている。告白だってしたし、セックスもした。

普通ならこんな姿を櫂人に見せられるわけなどない。この無意識の挑発行為に、櫂人はどこまで耐えたらいいのだ。

「……さすがに白い毛まで生えられると困る。うさぎは好きだが、だからといって私はうさぎになりたいわけじゃない」

いや、耐える必要などない。

櫂人の気持ちを知りながら、気づいていないふりをして、淫らな姿を晒す孝明が悪いのだ。

この瞬間にも、孝明を押し倒し、手ひどく犯したいという嗜虐心《しぎゃく》が、櫂人の息を荒くする。

「課長……本当に俺が隅々まで見ていいんですね？」

「いいぞ。好きにしてくれ」

す・き・に・し・て・く・れ――。

孝明がどれほど天然であろうと、何も分かっていなくとも、本人が許可したのだから好きにさせてもらう。

櫂人はひげ剃りとジェルの缶を持ち、未だ腕を頭の後ろで組んでいる孝明に向き直る。

俺は……うさぎを狩る猛獣だ――！

櫂人の欲情が頂点に達したそのとき、孝明が言った。

「あ、前じゃなくて後ろだな。私が確かめられないのは背中側だからな」

孝明は櫂人に背を向けて、気分よさそうに、頭を左右に振った。揺れるうさぎの耳に、ふわふわの尻尾。背骨はまっすぐで、姿勢の悪さからくるゆがみはなさそうだ。肩胛骨《けんこうこつ》も綺麗に浮き上がっていて、贅肉《ぜいにく》がない。綺麗な背中だ。

違う――！

背骨とか肩胛骨とか今はどうでもいいんだよ――！

「どうだ。うさぎの毛は生えてないか？　背骨のくぼみに生えていそうだろ？」

そんなに俺に見て欲しいって言うなら、四つん這いになれ！　俺に尻を向けろ！　尻尾を上げろ！震わせて俺を誘ってみろ！

そんな言葉が頭の中に無尽蔵にわき上がっているのに、一言も言葉として発せられない。ただ早くなった呼吸が薄く開いた唇から吐き出されるばかりだ。

「池田君、どうした？」

「え……いえ。身体の後ろ側にうさぎの毛が生えている様子はないですよ。大丈夫みたいです」

大丈夫じゃないだろう、俺――！

心に浮かんだ言葉をぶつけて、孝明に今の状態がどれほど櫂人を身もだえさせているのか、知らしめなくてはならない。

「お……俺は……その……か……かっ、課長のこっ……ことっ……こ……っ！」

舌を噛んだ。燿人は自分のあまりの情けなさに、自らの頬をひっぱたきたい気になっていた。ただ、左手にジェルの缶と右手にひげ剃り機を持っているので、どのような行動にも出られないが。

「やはり生えているのか!? だから言葉を濁《にご》しているのか？ そんな気遣いは必要ないぞ」

「……はは。違います。課長の背中があまりにも綺麗で……ちょっと見とれていました」

燿人は、心とは裏腹の言葉しかでなかった。

敗北感が股間の熱を冷ましていく。

「綺麗……？ 褒めても何もでないぞ。まあ、うさぎの毛が生えてないなら、いいんだ」

肩越しにこちらを振り返り、孝明は頷いた。だが、何か思い出したように言葉を続けた。

「まだ見てもらわなければならない場所があったな」

孝明はそう言うと、下着を脱いで素っ裸になると、身体を前屈みに折り曲げ、燿人の方へ尻を突き出した。

萎えたはずの雄が、また一気に勃起するような事態を前に、燿人は声を失っていた。

「尻はどうだ？ 谷間に生えていたら嫌だな……」

孝明の締まった尻。尾てい骨の上に真っ白な尻尾が生えている。尻尾は微妙に震えている。寒いわけではないはず。あれは独立してピクピクと痙攣《けいれん》しているのだ。

あの下に蜜の壺が隠されている。

俺に……尻を……突き出して……犯されたいんですか――――！

このままでは理性がもたない。

孝明を背後から襲って、欲望を満たすのか。それとも本能を切り刻んで捨て、淡々と毛の確認をするのか。

二つに一つ。選ぶのは櫂人だ。いやもう、ここまで来たら犯すしかない。

やめてくれと泣いて懇願されても、きっと櫂人は自分の思いを遂げるまで、手を緩めないだろう。

「課長……」

「池田君。間違っても黒い毛は剃らないでくれよ。あくまでうさぎの毛だけだ。白いやつだぞ。まあ……人間の毛とうさぎの毛を間違えることはないだろうが」

孝明は、ふたたび肩越しに振り返り、淡々と指示をだしてくる。彼は櫂人を心底信頼しているのだ。だからこそ無防備な姿をさらしている。

櫂人は脳内にあふれかえる妄想を何一つ叶えられないのだと、降参するしかなかった。

孝明は出社後、宣伝部と打ち合わせし、生産部にも顔を出した。もちろん櫂人も一緒に連れ立ってだ。けれどいつもの熱意が彼から感じられなかった。

孝明は自分の席に座り、コストの計算をしていた。櫂人といえばまだ生産部から戻っていない。

彼の態度がおかしくなったのは今朝から……いや、正確には昨日の晩からだ。元気がないというより、意気消沈だ。目が合うとどこか悲しげに視線を逸らす。あんなにも人なつっこい目を常に向けてきた櫂人には珍しいことだった。

そんな状態でも彼は朝食を用意してくれた。炊きたてのご飯に持ちしゃも、だし巻き卵にほうれん草と豆腐の白和え、シジミの味噌汁。たいてい朝はパンをひとかけら程度しか口にできなかったのに、櫂人の作った朝食は全て平らげるほど美味かった。

私が何かしたのだろうか――。

昨日といえば、うさぎの毛が生えていないか、櫂人に見てもらった。気の進まない様子の彼に、無理やり確かめさせた。うさぎの毛は生えていなかったが、上司が下着一枚姿で命令することではなかったかもしれない。

「長谷川君、今日も君のうさ耳は、いい具合に立っているね〜」

「ええ、どうも」

もとA班の課長であり、現在は営業管理部の部長でもある啓司がやってきて、孝明のうさ耳を見下ろしている。彼はよほど孝明のうさ耳が気になるのか、時間ができると側にやってくるのだ。なんとしてでもうさ耳を触ろうと、隙を狙っているようだ。

耀人から自分がいないときは、特に気をつけるようにと、耳にたこができるほどきつく言い聞かされていた。没頭すると周囲が見えなくなってしまう孝明だが、さすがに気をつけるようにしていた。

今は耀人もいないことから、帽子を被っておいた方がよさそうだ。

孝明は会社の行き帰りに、いつも被っている帽子を頭に載せた。

「隠しちゃうの？」

「ええ」

「ちょっと思ったんだけど……」

「なんでしょう」

「帽子に切り込みを入れてうさ耳を出したら、可愛いと思うんだよね」

「それでは帽子の役目を果たせませんから」

黒い帽子からうさぎの耳が飛びだしているのを想像して興味がわいたが、帽子を被る意味がなくなる。

「可愛いのに」

「そんなにおっしゃるなら、部長もうさぎの髪飾りをつけてみたらいかがです？　同じ気分を味わえますよ」

「だから私は君のようにコスプレをしたいわけじゃないんだよ。そのうさぎの耳を触ってみたい……それだけなんだ」

啓司は手の平をこちらに向け、ピアノを弾くように指を動かして続けた。

「五秒」

「駄目です」

「じゃあ、一秒だけでも」

「何度、頼まれてもお断りします」

にべなく答えると、啓司は残念そうに手を引っ込めて、顎を撫でる。

「……きっとあの金魚のファンが君に余計なことを言ったんだろうね。私がうさぎの耳飾りを手荒に扱うとか、引っぺがすとか……さ」

「部下は何も言ってませんよ」

「まあいいよ。……ところでさ、長谷川君」

啓司は孝明の机の縁に腰を掛けて、顔を近づけてくる。親密な関係でもないのに、耳元で囁こうとする啓司の行動は、あまりいい気がしない。

「私の机に座らないでいただけますか？」

「おや、すまない。ちょっと大きな声で話せないことなんだよね」

もったいぶった言い方に、軽い苛立ちを覚えたが、彼はいつもこうなのだ。

とはいえ啓司が話したがっていることは気になるし、孝明も一息つきたい気分だった。

「……コーヒーでもいかがです？」

「いいね」

孝明は啓司とフロアを出た先にある、自動販売機のある休憩所に向かった。

各種飲み物が買える自動販売機の周囲には、パイプ椅子とテーブルが置かれている。ちょっとした打ち合わせに使う社員も多く、十時、三時そして五時頃人が多い。

柱の陰から「うさみみ課長よ」「やだ、帽子被ってる」という声がヒソヒソと聞こえてきた。こっそり写真を撮られるのも、聞こえる程度の声で噂されるのも、まだ少し慣れない。だがこれもうさみみパンの成功のためだと思えば、たいしたことではないのだ。

孝明は自動販売機でコーヒーを二缶購入して、すでに席についている啓司のところへ戻った。

「いやあ、悪いね。気を遣わせてしまって」

「いえ」

と言いつつ啓司の向かいの席に座り「ところで、どういったお話です？」と尋ねた。

「実はね長谷川課長。ちょっと小耳に挟んだんだが……池田君のことなんだ」

「なんでしょう」

「例のおにぎりパンの件だよ。彼が内通していたかもしれないという話を小耳に挟んだ。人は見かけによらないね。驚きだね。びっくりだ」

啓司は大げさに両手を振り上げ、ため息をついた。

「彼はそんなこと絶対にしませんよ」

「おや、信じているんだ」

「中川部長は部下を信じないのですか？」

「私はそういう古い人間じゃないんだよ」

「おかしなことをおっしゃるんですね」

「今の若い子はそういうしがらみに無縁なんだよ。目をかけると迷惑がるし、指導しようと叱《しか》っただけなのに、次の日には出てこない。だから社内の情報を外へ漏らすことにも躊躇いがないんだろう。会社に対する責任感とか愛着がないからだよ」

そういう社員も中にはいるだろうが、擢人は違う。

「池田君はそういうタイプではありませんよ」

「どうかなあ……彼、コネで営業管理部に配属になったらしいよ。しかも希望する部署はここしかなかったんだって。どうしてなんだろうね」

「私もこの会社、この部署を希望して配属してもらいましたが」

「君は実力で。彼はコネだ。この差は大きいよ。なんだかきな臭いよね」

「そうですか？　仮にコネだったとしても、彼はよく働いてくれます。問題ありません」

「信じていいのかなあ」

「中川部長は信じられませんか？」

「……それこそ私達には判断がつかないことだよ。友達でも家族でもないんだから、信用すると痛い目に遭う」

「ならそこには中川部長も含まれますね」

「ふふん。一本取られたか」

啓司は缶コーヒーを飲み干してテーブルに置くと、チラと孝明の帽子に視線を移す。今にも手を伸ばして帽子を摑みそうな気配に、孝明は椅子をずらして距離を取った。啓司は目を細めて、子供が拗《す》ねるように唇を尖らせる。

「まあ誰が内通者かはまだ特定されてないようだけど、気をつけた方がいいね。だってほら、うさみ課長のパンは君がずっと大事に温めてきた新商品だろう？　発売まであと少し。何かあったら、しばらく立ち直れないよね。私だって妖怪パンが先に他社から発売されていたらと考えて、ゾッとするよ。まあ……今は、類似商品が出て困ってるけどさ」

「気をつけ……」

言い終える前に啓司の手が帽子に伸びるのを孝明は見逃さず、払い落とすようにテーブルに押しつけた。

彼の手を押さえつけたまま孝明が無言で見つめていると、啓司が肩をすくめる。

「そうだね。いけなかった」

「ええ」

「……君の手は男の手じゃないよね」

「中川部長の手が男の手の代表だとおっしゃるのなら、私とはまるで違います」

机に押さえつけた啓司の手は固く、節も太い。甲には固い毛がビッシリ生えていた。その感触が密着した手の平から伝わってきて、背筋がざわつく。

どのタイミングで手を離そうかと、微笑む啓司の表情を眺めながら考えているところに、櫂人がやってきた。

「長谷川課長……探しましたよ」

「ああ、池田君。待っていた。向こうはどうだった？」

「資料とその説明を聞いてきました。感触は悪くありませんでした」

櫂人がそう言い終えるのを合図に、孝明は手を離した。啓司は机から手を引っ込めて、櫂人に視線を向ける。

「嫌だなあ、その目。長谷川課長の金魚のフンが私を睨んでいるよ。手を握ってきたのは長谷川君の方なのに、まるで私が悪さをしたみたいじゃないか」

確かに櫂人は啓司を睨んでいる。しつこく孝明のうさ耳を狙っているのを知っているので、彼なりに牽制《けんせい》しているのだろう。それは啓司自身も分かっているはず。

「池田君。君の上司の上司は私だ。ということは、君にとっても私は上司だ。敬いを忘れないように頼むよ」

啓司は缶を手に取って立ち上がると、休憩室から去って行った。孝明はようやく帽子を脱いで、中でぺしゃんこになっていたうさ耳を立ち上げた。うさ耳はプルプルっと自身を震わせて、内側を前に向けた。

それを目にした女性社員が、えもいわれぬ幸福な表情でこちらを見つめている。携帯のカメラで写真を撮っている者もいた。有名人でもないのに、あからさまに写真を撮られるのはあまりいい気はしない。かといって社内でずっと帽子を被って長い間うさ耳を寝かせていると、耳の付け根が痛み出して酷い頭痛に悩まされるのだ。

うさ耳はあるべき姿でいることを望んでいるようだ。

「ねえ、課長」

「なんだ？」

「……敵の敵は味方っていうのは聞いたことありますけど……上司の上司ってなんなんです？　当然、上司じゃないですか？」

「中川部長が何を言いたかったのかは分からないが、間違ってはいない」

「そうですけど……」と腑に落ちない顔をしていた櫂人だったが、思い出したように孝明に詰め寄ってきた。

「さっきのなんだったんですか？」

「なんだというのは、なんだ？」

「中川部長と仲むつまじく手を握り合ってました。それも長谷川課長の手が上でした。ということは、長谷川課長から手を伸ばしたってことですよね？」

そう取られても仕方のない光景だったかもしれない。

「帽子を取られそうな気配を感じたから、彼の手を押さえただけだ。問題か？」

「……え……いえ……別に……」

櫂人は急に言葉を濁して、ばつの悪そうな顔をした。

どちらにしても手を握り合うくらい、責められることではないはず。櫂人は何を気にしていたのだろうか。

もっとも彼は、うさ耳警備隊長だと自ら名乗っていて、その名にふさわしい仕事ぶりを発揮していた。ぶしつけにうさ耳を摑もうとする社員や、上層部の人間にもひるむことなく追い払ってくれるのだ。そんな中、常にうさ耳を狙っている啓司のことを知っているはずの孝明が、一緒に缶コーヒーを飲むという無防備さに腹を立てるのは仕方がないのかもしれない。

啓司はいつだって孝明のうさ耳を狙っているし、隙を狙っては手を伸ばしてくるからだ。

池田君は本当に仕事熱心だ――。

だが褒めてやる前に、孝明は生理的な欲求にせかされていた。

「話は後だ。ちょっと手洗いに行ってくる」

「じゃあ、俺も……」

着いてくる櫂人に孝明は手の平を見せて押しとどめる。

「いや、君は後にしなさい」

「どうしてですか？」

「一人でしたいことがある」

「な……何をしたいんですか？」

言い方が悪かったのか、櫂人の目が急に輝きだして、口元が半円を描く。

「何故にやけてる？」

「俺、そんな顔してました？」

「ああ。だから後にしろ」

「いえ、行きます」

声を荒げてまで追い払うこともできず、孝明は仕方なしに着いてくるのを許した。けれどフロアにある男子トイレではなく、エレベーターに乗って地下へ移動する孝明に、櫂人はなんだか嬉しそうだ。

「ねえ課長。どうして一人になりたいんですか？　今できるだけ人にはならない方がいいんですよ。ほら、さっきの中川部長のこともありますし。分かってますよね？」

「いやというほど分かっているから、人目を避けて誰もいなさそうな場所を選んだんだ」

エレベーターを降りて、倉庫のフロアにある男子トイレに向かった。さすがに人気はなく、閑散としていたが、孝明には好都合だった。

廊下の突き当たりにある男子トイレに入ると、普段は消してある電気のスイッチを入れて、明かりを灯す。

「誰も来ないよう、見張っていてくれ」

「来そうにないですけど……念のため鍵を締めちゃいますね」

「なるほど、それがいい」

鍵を櫂人に任せ、孝明は洗面台の前に立ち、スラックスのベルトを緩めた。そして手を後ろから差し込んで、尻尾の付け根を掻いた。

　ここを掻くと、快楽物質が放出されるのか、身体の底から幸福感がわき上がる。思わず漏れそうになる歓喜の声を喉の奥に押しとどめて、ひたすら掻く。

「課長……幸せそうな顔をしてますよ」

「だろうな。下着の外に出ているとはいえ、さすがに時間が経つと蒸れて、むずむずするんだ。痒いところを掻くという行為は、こんなにも気持ちがいいものなんだな」

「あのう……」

「この……尻尾の付け根を掻くと……特に……ああ……たまらん。気持ちがいい」

　いつの間にか尻尾が飛び出していたことに気づかず、孝明は掻く行為に夢中になっていた。

「お……俺……俺も掻いていいですか？」

「……ん？」

　顔を上げると、洗面台の鏡に櫂人の姿が映っていた。彼は孝明の背後にいつの間にか立っていて、どこか上気した表情を浮かべている。

「のぼせた顔をしているぞ。大丈夫か？」

「そんなのどうでもいいんです。それより俺にも掻かせてください」

「君にも尻尾が生えたのか？」

「違います。俺のじゃなくて、課長の尻尾です！　課長の尻尾を俺にも掻かせてください！」

「手は間に合ってるし、十分届く」

「そんなの分かってますよ」

と言って背後から孝明の腰を摑んできた。彼の目は何かに取り憑かれたような、ちょっと危険な艶を浮かべている。

「こら、離しなさい！」

「嫌です。俺が気持ちよくしてあげたいんです」

何をしても許されてしまうような笑顔で、櫂人は孝明の尻尾の根元を摑んだ。

「おい。まて……ちょっと……ひっ！」

内側の根元を指先で引っ掻くように擦られて、膝から一瞬にして力が抜けた。座り込みそうになった身体は、櫂人の手によって支えられる。櫂人は洗面台の縁を摑んで、どうにか立っていた。

「やめなさい。もう痒くはな……ああ！」

尻尾を上下に弾くように掻かれて、孝明は声が上がった。痒みを取る刺激ではない。明らかに快楽からくるものだ。

何より櫂人の顔は、一度、孝明を抱いたときの表情と同じものだった。

まずいぞ――！

いまは人気がないが、誰も来ないという保証はない。

「……は、あっ……！」

擢人の指は掻くのをやめて、尻尾の下に隠れている蕾をいじり出した。硬く閉じたそこは、不思議と擢人の指を嫌がっていない。

「課長。俺もう……我慢できません。中で出さないから……挿れさせてください」

中で何を出さないって言ってるんだ――!?

圧倒的な力の差のせいで、彼の拘束から孝明は自力で逃げ出せない。だからといってこのまま好き放題されるわけにはいかない。

「池田君。こういうことは家に帰ってからにしないか？　そこならゆっくり話し合いもでき……」

「課長。ローションの代わりに、ハンドソープ使いますね」

え、いま、彼は何を言ったのだろう。

鏡に映る彼の表情は満面の笑みだ。どんなわがままも許してしまう、無理な要求にも頷いてしまう、人たらし全開の危険な笑顔だ。

いまはそれが悪魔の微笑みに映った。

「池田――！」

やめなさいという言葉を込めて名を叫んだが、すでに遅く。擢人の勃起した雄は、たっぷりのハンドソープを竿に纏って、孝明の蕾を割り裂いた。

「あ……ああ――――！」

鮮烈な刺激と快楽が背骨を走って脳に達する。洗面台の縁を摑んだ手が震え、蛇口のセンサーがオ明の俯せになった顔に反応して、水が飛び出した。

「……はっ」

慌てて顔を上げ、濡れた顔を鏡に映す。櫂人の姿もそこにある。視線は鏡の中で絡み合う。欲望の灯った目に、孝明の身体の奥が熱くじれるのを感じた。

なんだ、いまのは――。

自分の中に妙な感情が生まれているのに気づいて、動揺を隠せない。

「池田君。頼むから冷静に……っ！」

みっちり詰まった肉の感触が、出たり入ったりを繰り返す。奥まで入ってくると、内臓が押し上げられるような圧迫感が走り、引き抜かれると今度は中が持って行かれそうな錯覚がした。

ハンドソープがちょうどいい潤滑油になって、痛みはまるでない。水音にも似た粘着質な音にも、身体は感じて、体温を上げていく。

「あっ……あ、ああ……あ……」

うさぎの尻尾の先端が、彼の竿を撫でている。小さな刺激なのに、尻尾から伝わる刺激は、えもいわれぬ幸福感を与えてくれた。

ちくわの尻尾。いまは孝明の尻尾だ。神経が通っていて刺激にも敏感に反応し、つぶさに孝明に伝えてくる。この尻尾は危険だ。だめだだめだと思うのに、刺激が与えられると、好きにしてくれという開き直りに似た気分に陥ってしまうのだ。

その前に櫂人からなんとしてでも逃げ出さなければならない。

「はな……離してくれ……たの……頼むから……ああっ！」

背後からうさぎの耳が摑まれて、顎が反る。意外と強く摑まれているのに、なぜか愉悦を感じた。

うさぎの耳もだめだ。尻尾と同じ効果がある――。

うさぎ自身がどうか確かめられないが、孝明から生えているそれらは、性感帯にもなっているようなのだ。そこを摑まれると力が抜けて、刺激を与えられると、快楽が伝わる。特に耳の内側の根元、尻尾の裏側の付け根は、自ら身体を開いてしまうほどの影響力を持っていた。

理性はまるで役に立たない。勃つのはあそこばかりだ。

「あっ、あ……あ……耳は……やめろ……」

「課長……俺のこと……少しは考えてくれてます？」

「なに……何を考えろと……」

「好きとか嫌いとかどっちでもいいですけど……あ、嫌いはだめです。付き合ってみたいとか、実は年下が好きだったことに気づいたとか。いや、私のうさ耳は彼だけのものだとか……そんな感情がいたりしませんか？」

背後から甘く囁かれているのだが、言葉を理解するまでに至らず、心も身体も快楽に支配されてしまっていた。

「……頭が……混乱していて……理解ができない……っあ……」

孝明の返答に櫂人は苛立《いらだ》ったのか、耳の内側が指で擦られた。

「ここ、好きですよね。感じてるでしょう？」

「よせ……耳……耳は……あっ……ああ……」

内側の敏感な部分に、しなやかな櫂人の指が触れる。表面を優しく擦っていて、耳自身も心地いいのか、小刻みに震えていた。

「はっ……あ……ああ……」

脳が刺激で麻痺していくのが分かる。本能に支配された身体は、孝明の腰の動きに合わせて、自らも尻を振っている。むろん無意識だ。

彼の勃起した雄は、驚くほど弾力があって、長い。ズッと最奥まで入ってくると、どこまでくるのかと不安になるほどだ。

怖い――。

このままだと耀人に、すべてが掌握《しょうあく》されてしまいそうだ。

「や……やめ……なさい……と……言って……」

絞り出すように言うと、耀人は後秘から自らの雄を引き抜いて、身体を離した。あっという間の出来事で、孝明は突然消えた圧迫感に、戸惑いすら覚えた。

孝明は洗面台の縁を摑んだまま肩越しに振りかえる。耀人は勃起した雄を手に持ったまま、涼しい顔をしていた。

「じゃあやめます。課長はこうされるのが嫌なんですよね」

「そ……そうだ……」

いや、どうなのだろう。

耀人の雄があった場所は刺激を失ってますます疼き、孝明の心を乱してくる。本当はどうされたいのか明確な答えがあるのに、言葉にできない。

「俺、トイレに籠もってこれを処理してきます。課長も自分のを処理してくださいね。俺は知りませんん」

彼は、孝明の勃起した雄を逆手に取って、交渉するつもりなのだ。自分で処理できないと踏んでいるのだろう。

こういうやり方は気に入らない――。

「池田君」

「なんですか」

「私をなんだと思っているんだ」

「じゃあ聞きますけど、課長は俺をなんだと思ってるんですか」

「……部下」

そうじゃないでしょう……と落胆混じりに声を上げて、櫂人は自分の勃起した雄をいまも摑んだまま

で、さらに言葉を重ねた。

「俺、もっとうさ耳の中を舐めて、しゃぶりたかったのにな。尻尾の付け根も、グリグリと刺激を与えて、中が熱で蕩けそうになるほど、ぐちゃぐちゃに突いて、課長をうさ耳快楽地獄～尻尾はだめよ～な、計画を練っていたのに」

「うさ耳快楽地獄……」

ふたたび聞いた謎の言葉だが、その響きにやけに興奮してしまう。

「ええ。以前に話してたやつです」

「尻尾はだめよ……って、なんだ!?」

「だめなところをしつこく弄るんですよ。だから、だめよ……なんです」

意味が分からない――。

だが、味わったことのない快楽を耀人が与えようと計画しているのだけは分かる。

孝明の喉が鳴った。

とりあえず勃起した雄の処理をしてもらえば、少し冷静に話ができるのではないだろうか。

――いやだめだ。ここで引いたら彼の思うつぼだ。

「ああ、分かった。なら今後、私のうさ耳には触れないでもらおう。もちろん尻尾も厳禁だ。君だけに適用する」

「そんな……課長！」

「君から始めたことだ」

冷たく言い放つと、耀人は先ほどの自信に満ちた表情を一変させた。やりすぎた、しまったという後悔が瞳に表れている。

「出したままの君の息子を、さっさとトイレで処理してきなさい」

「課長！」

「なんだ」

「俺のこと嫌いなんですか？」

「その言葉を私は君に言ったことがあったか？　ないはずだ」

「それって……課長も俺のこと好きってことですか？」

今度は櫂人が孝明の前に立ち、屈むようにして両手で洗面台を摑んだ。洗面台を背に逃げ場を失った孝明は逃げ道を探そうと視線を巡らせる。

「え……あ。まあ、そうだ」

「課長！」

胸に顔を埋めるように覆い被さってくる櫂人を押しやる。腰の後ろが洗面台だったせいで、ちょうど尻がうまい具合にはまり込んで、両脚が浮いた。

「こら。待ちなさい……だから……ここではやめろと……っ！」

「俺、もう我慢しません。課長の中でイきます」

どうしてこの会話の流れで我慢しないとか、中でイクとかそういう話になるのだ。

孝明には理解できないが、それを問う前に抱きすくめられる。しかも尻が洗面谷にはまり込み、身体を起こせない。先ほどより状況は悪化している。

亀がひっくり返ったような体勢をなんとかしようと、不本意ながら櫂人の背に手を回した。すると自然と互いの鼻先が近づいた。

櫂人の双眸《そうぼう》は孝明の目を射貫いてくる。冗談では決してない、真剣なものだ。

「そういえば……俺たちキスした事ってないですよね……いいですか？」

嫌だと言ってもするくせに――。

と、反論する前に唇が重なった。ちょっぴり肉厚な櫂人の唇は、温かくてしっとりしていた。彼の舌は閉じた口をやんわりこじ開けて、孝明の口内に進入してきた。

「……っん……」

初めての口づけだった。彼の舌が中に入ってくると、一瞬こういうキスがあるのかと退けた腰が引き戻される。力強く絡まる彼の舌。口内を隅々まで貪るように愛撫され、目の奥がジンと痺れる。驚くべき事に彼に回した手に力が入って、自らの意志で彼にしがみついていた。

浮いた両脚からスラックスと下着が引き抜かれる。下半身を露わにされて、洗面台の冷たさが尻と尻尾から伝わってきた。

「……ふ……ん……んっ……」

口づけに酔っていると、櫂人の手が孝明の両脚を抱えた。浮いた尻に再び彼の勃起した雄が挿入された。ほどよい圧迫感に口づけしつつも漏れ出る声は、彼の口内に消える。

「……っん……ふ……うっ……」

上も下も犯されているのに、嫌ではない。むしろ自ら望んでいることに孝明は気づいた。この心境の変化はどこからくるのだろうか。

孝明の注挿が次第に早くなり、身体の奥から次から次へわき上がる愉悦に、ここがどこであるのかすっかり忘れていた。

当初は『うさみみパン』だったが、『うさみみ課長のパン』に商品名が正式に変更となった。キャラクターのデザインも決定。生産部とも折り合いがつき、コスト面でも基準を満たしたことから、正式に発売日が決まった。

広報では何故か孝明自身が写真を撮られた。野菜などのパッケージに生産者の写真を載せて販売るのを参考に、『うさみみ課長のパン』にも孝明の写真を載せることになったのだ。

やっとうさぎの可愛さを世に知らしめることができる――。

孝明の念願がついに叶う日がやってくるのだ。

少しでも売り上げが伸びるなら、孝明は自分のうさ耳を晒すことに何の躊躇いもなかった。だからこっそり孝明の写真を撮った社員がネットにアップしたり、同じように動画を投稿したりして、話題になっても、気にならなかった。

これがきっかけとなってうさぎブームが起こるのを孝明は密かに願っていたのだ。上手くいけば『うさみみ課長のパン』は、過大な広告費を投じなくても、売れるはず。

会社の上層部も、孝明のうさ耳姿が広告塔として世間に溢れることに乗り気だった。金は掛からず、一般人がこぞって広めてくれるから、会社としてはありがたいことだったのだ。

そんな中、櫂人だけが反対しているのが気掛かりだ。理由は分かっていたがそれだけではないようなのだ。理由を問い詰めても櫂人は珍しく言葉を濁していた。

擢人は孝明に追従してなんでも賛成するような、おべっか使いではない。そんな彼だ。反対するのはそこに正当な理由があるからだ。

何が問題なのか、どうして話してくれないのだろう。

左手の机に座る擢人の横顔をそっとうかがう。

彼は『うさみみ課長のパン』のコストを計算した書類を作成していた。初期販売数と販売店舗数を決めるのに必要だからだ。

擢人の横顔を観察してふと気づく。孝明より濃くスッと伸びた眉。高いほお骨。後頭部からうなじにかけてのラインになんともいえない男の色気がある。

笑うと目尻が少し下がって、精悍《せいかん》な顔立ちに甘さが滲《にじ》む。嫌いな容姿ではない。むしろ好ましい。

擢人を観察しているところに、同じ課の事務員の女性が不機嫌そうな顔で、複写の書類を持ってきた。

「池田さん、この精算書類ですけど、領収書が一枚足りないです」

渡された書類を確認した擢人は、ホッチキスで留めた領収書を確認して「あっ、ほんとうだ。ちょっと待ってくださいね」と言って引き出しを開けた。菓子箱を利用した空き箱の中に溜めている領収書を漁って「あった」と嬉しそうに笑った。その笑顔に事務員の女性はほんのり頬を赤らめるのを孝明は見逃さなかった。

「お忙しいところ、手を煩《わずら》わせてしまってすみません」

「いえ、そんな……こちらこそ急がせてしまったみたいで、すみませんでした」

女性職員は急に愛想よくそう言い、続けて月末の決算に急いでいたこと、上司が伝票をすぐさま回さなければ気がすまない人だと、聞いてもいないことを話し出す。燿人はニコニコとそれを聞いて頷いている。

そう彼は誰にでも愛想がいい。癖のある技術職の人間にも彼は受けがいいし、どういう人間とも上手くやるこつを自然と身につけている。そういうところが買われて、特に営業から彼を異動させて欲しいと言われるが、首を縦に振るつもりはない。

啓司は燿人がコネで『パンの王冠』に入社して今の部署に配属されたという。それが本当だったとしても彼が危惧するスパイとは思えない。彼はいつも仕事に真剣に向き合っているし、孝明が『うさみみ課長のパン』に注ぐ情熱を、彼は理解しずっと支えてくれたのだ。彼もまた『うさみみ課長のパン』を売るために全力を尽くしてくれている。

女性事務員はまだ話をしていた。用事がすんだらさっさと帰るのが、仕事上のルールだろうと、珍しく人のことを気にしている自分に、孝明は驚いた。

この感情はなんだというのだろう――。

「じゃあ、すぐにこの書類を回しておきますね」

「助かります」

女性事務員は来たときとは違い、笑顔を振りまきつつ、足取り軽く去って行った。

耀人はまた手元の書類を見下ろして、手に持ったボールペンを上下に振っている。

部にとって彼が必要なのか。それとも孝明自身に必要なのだろうか――。

これでも、ずっと彼の告白について考えていた。それに対する答えを自分の中に見つけようとした。彼の手助けはいつも細やかな点まで行き届き、今のところ孝明が安心して仕事を任せられる唯一の部下だ。

自宅マンションでの彼も仕事同様、料理は上手いし、洗濯も完璧。うさぎの尻尾専用のボクサーパンツも彼が何枚も手作りしてくれた。以来、尻尾が下着内で蒸れることはなくなった。彼のおかげだ。

もっともなにごとも完璧に見える耀人だが、唯一掃除は苦手だそうだ。

強引に居座られたときは困ったが、いまは彼がいないと逆に困るまでになっていた。

彼は常に前向きで明るい。小さなことにはこだわらず、おおらかで懐《ふところ》が深くもある。孝明が考え込んでいるときは放っておいてくれるし、話したいと思ったときには必ず側にいた。

耀人は、孝明の頭にうさぎの耳が生えた日から、ずっと家に居座っている。

最初は客間に寝ていた耀人だったが、毎夜孝明の部屋にやってきて眠る生活を送るうち、孝明の部屋で朝まで過ごすようになった。もちろんただ一緒に眠るだけではない。セックスをすることも含まれる。

彼と触れ合って眠るのも気に入っているし、セックスも意外なことに楽しんでいた。

結婚を意識したとき、他人と暮らすという新しい環境を何度も想像して、自分の性格では難しいだろうと考えてきた。

孝明は意外と頑固だし、相手を気遣うのも苦手だ。孤独が好きなわけではないが、誰かと暮らす相手としては、ふさわしくないことを自覚していたからだった。

けれど櫂人との生活は、そんな思い込みを払拭《ふっしょく》してくれた。もちろん孝明が変わったわけではない。櫂人が居心地よくしてくれていたのだ。

想像していたような息苦しさは感じなかった。触れ合う心地よさは一人では決して味わえないものだ。自分は一人ではないという安堵を与えてくれる温もりは、一度知ったら手放せないものだった。

自分がこれほど人肌に飢えていたとは、知らなかった。

毎日が充実している。

念願のうさぎを飼って可愛がり、そこに櫂人がいる風景に違和感がない。むしろしっくりしていた。

「……課長、俺の顔に何かついてます？」

「ん？　いや」

「じゃあ、俺のいま持ってる書類を早く終わらせて回せと、プレッシャーをかけてるんですか？」

そう言って櫂人は笑う。

細くなる目、下がる目尻、口の端が両方少し上がる。

うさぎが可愛いと思うように、彼も可愛い。

「そうだな。早く回してもらえると、承認印をすぐに押してやれるぞ」

「分かってます。けど……間違いがあったら大変なのでもうちょっと待ってください」

「ああ」

仕事熱心で、何事にも真面目に取り組む櫂人。

『うさみみ課長のパン』についても、どうすれば売れるのかを常に考えてくれている。

なのに、うさぎの耳を今になって宣伝に使うのを嫌がっているのだ。

すでに孝明は社内報にもうさぎの耳を隠さず紹介された。それでまた一気に噂が広がって、こっそり撮られた写真がネットにアップされて、世間に知られることになった。

もちろん本物だから騒ぎになっているのではない。スーツ姿のサラリーマンがうさぎの耳の髪飾りをつけて仕事をしている姿が、みなの興味を引いたのだ。動画サイトにも孝明の姿が投稿され、家族や親戚から何をやってるんだとしかられたり、逆に見上げたものだと褒められたりもした。

反応は様々だがおおむね好意的だった。

櫂人は、いまのまま露出を続けると、孝明の頭に生えているうさぎの耳が、本物だと知られるのに時間は掛からないだろうと心配している。

事実を知っているのは櫂人と柊理だけ。二人とも信用しているし、世間の盛り上がりも一時のもので、そう長くは続かないことも孝明には予想がついていた。

だから、このチャンスを逃さず『うさみみ課長のパン』を発売するのだ。きっと売れる。そしてうさぎが日本中で愛される日が訪れるのだ。

孝明が、興奮を抑えきれないでいるのに、櫂人が何を心配しているのか分からない。が、『うさみみ課長のパン』が発売されたら、それも杞憂に終わるはずなのだ。

「……ところで池田君」

「なんでしょう」

「私のうさ耳を宣伝に使うことを嫌がる本当の理由はなんだ？」

「俺、説明しましたよね」

「それじゃない」

孝明が尋ねると、櫂人は書類から顔を上げた。そして逡巡《しゅんじゅん》するように周囲を見回した後、視線をこちらに向けた。

「……課長のうさ耳画像だけでなく、動画もネットにアップされて、大変な騒ぎになっているのをもう少し自覚してください。変なストーカーが現れる可能性もあるし、自宅を突き止められでもしたら、取り返しがつきません」

「それは気をつけている。ただ池田君がいつも私を護ってくれているから安心している」

彼は本当によく孝明を護ってくれている。絶対に孝明のうさ耳を他人に触らせないし、突進してくる輩《やから》は床に倒された。燿人は優れた部下でありながら、ボディガードとしても優秀だった。

「課長、そういう考えはだめなんです」

燿人は意外と強い口調でそう言った。彼が向ける視線には、非難めいたものが混じっていて、孝明を驚かせた。

「どうしてだ？」

「だっていつも俺が側にいるとは限らないでしょう？」

生真面目な顔で告げられた言葉に、孝明はみぞおちの下あたりが、キリリと痛んだ。

いつも側にいるとは限らない——。

それは深い意味を含む言葉だった。

うさぎの耳が生えているから、燿人は側にいて護ってくれている。もしかするとうさぎの耳から、なにかしらのフェロモンが出ていて、彼はそれに突き動かされて告白した可能性があった。

だいたい本当に彼が孝明を好きだというのなら、もっと早い時期に告げてもよかっただろう。そのチャンスはあったはず。だが燿人が告白したのは孝明の頭にうさ耳が生えてからだ。

うさ耳が消えたら、彼の中に生まれた好意も失われるだろう。耀人の心配は、いずれ心変わりする自分の気持ちに気づいて、その罪悪感にあるのかもしれない。だから話せないのだ。

衝撃の事実だ。

いや、もっとも驚いたのは、その事実に少なからず傷ついている自分のことだった。

なぜこんな気持ちになるのだろうか。

ちくわにうさぎの耳と尻尾が戻ったら、耀人は孝明のマンションに留まる理由を失う。ちくわはもとの飼い主である柊理へ返さなくてはならない。耀人とは上司と部下の関係に戻り、本来住んでいる家へ帰って行くのだ。

すべてが元通りになるとき、孝明の側には誰もいなくなる——。

「あ……ああ。そう。そうだな……」

「……どうしたんですか？」

「いや。なんでもない」

感じたことのない動揺を隠せず、額に汗が浮かんだ。心拍数が上がって、息苦しい。

「課長、顔色が真っ青ですよ！」

伸ばされた手を思わず払い、彼は一瞬傷ついた顔をする。愛しているものから邪険にされたときに見せる表情だ。

だがこれもすべてうさ耳効果だ。フェロモンが彼を惑わしているので、告白も本心からではない可能性が高い。いや、まだそうだと決まったわけではない。ただ、孝明が勝手にそう思い至っただけだ。かといって事実かどうか確かめることができなかった。

耀人がどう答えるのかを想像しただけで、息が止まりそうだからだ。どういうわけか答えを知るのが、怖くてたまらなかった。

一体自分の身に何が起こっているのか分からない。まずここから離れて新鮮な空気が吸いたかった。

「……なんでもない」

「本当に大丈夫ですか？　なんだか変ですよ」

「ああ、そうだ。上に呼ばれていたのを忘れていた……」

孝明は椅子から腰を上げた。耀人は眉根を寄せて、怪訝な表情をしている。

「ものすごく唐突ですね。そんなの俺、聞いてませんけど」

「メールが来ていたのをすっかり忘れていたんだ。君には関係のないことだから、席にいなさい。いいね」

孝明は、腰を浮かせていた耀人を制し、一人で部屋を後にすると、彼が追ってこないのを何度も確認して、屋上へ向かった。

新鮮な空気……新鮮な空気——。

心の中で呪文のようにそう唱《とな》えながらエレベーターを乗り継いだ。途中、声をかけられた気がしたが、すれ違った人たちの顔を思い出すこともできなかった。

孝明は屋上への扉を開けて、思い切り空気を吸い込んだ。けれど新鮮なはずの空気は孝明の動悸《どうき》や息切れをすぐに治してはくれなかった。

「……私は一体どうしてしまったんだ……」

誰ともなしに呟いて、ビルの縁に設置されているフェンスまで移動し、柊理に電話を掛けた。驚くべき事にワンコールでつながった。

『長谷川、こんな時間にどうしたんです。何かあったのでしょうか？』

「いや……ちょっと聞きたいことがあって……」

孝明は格子状のフェンスに指をかけ、眼下の景色を眺めながら続けた。

「……私の頭に生えているうさ耳からなにかしらのフェロモンが出ていて、誰かの気を引く原因になってはいないだろうか？」

『動物は専門ではないので詳しくは知りませんが、動物には異性を引きつけるフェロモンを出す腺《せん》が備わっていますよ。もちろんうさぎにもあるでしょうから、長谷川のうさ耳か尻尾にそういう効果があっても不思議はないでしょう』

「……そうか」

『いま長谷川は大変な状況だろうと心配していたのですが……まさか誰かがうさ耳フェロモンに勃起して迫ってきたとか言いませんよね？』

背後に学生がいるのか、「先生、いきなり勃起とか言わないでください！　セクハラですよ」と聞こえてきた。柊理は「僕の会話を勝手に耳にして文句を言わないでください。君たちに話して聞かせているわけではないんですよ」と返している。他にも「東海林先生、いつまでうさぎの髪飾りをつけてるんですか？」「逃げたモルモットが見つかりません！」と学生たちが様々に叫んでいるのが聞こえている。ずいぶんと楽しそうだ。

「東海林、そこに学生がいるのか？」

『いま実験室にいるからですよ。学生達が僕のしもべとして働いてくれているのですが……ちょっと場所を移動したほうがよさそうですね』

と話している声に混じって、扉が開閉する音が聞こえた。先ほど混じっていた人のざわめきはもうしない。ただ静かだ。

「気を遣わせて悪いな」

『長谷川に気なんて遣わないでですよ。それよりさっきの続きですが……うさ耳のせいで何かあったのでしょうか。いえ、もういろいろ問題は起きているでしょうが、長谷川がこんな時間僕に電話をしてきた理由を教えてください』

柊理の質問に言い淀《よど》んでいると、彼の方が続けて尋ねてきた。

『……もしかして、爽やか君と何かあったのでしょうか？』

「別に。部下と何かなんてないが」

『何かなければ、就業中に電話なんてしてこないでしょう？　初めてのことですよ』

「そう……だったか」

確かにそうかもしれない。

勘ぐられないよう、夜まで待ってもよかった。いつものように仕事が終わってからでも、家に帰ってからでも遅くなかった。けれど気が急《せ》いて、いますぐに自分の心を占めている疑問について、柊理に確かめずにはいられなかったのだ。

いや、そもそも勘ぐられるとはなんだ。自分は何を気にしているのだ。

孝明の混乱はさらに続く。

『長谷川、思い詰めた声をしていますよ。心配ごとがあるなら話してください。力になれるかどうかは内容にもよりますが、できる限りのことをします』

「思い詰めてはいない……」

『じゃあなんです？』

「……もし……私の頭からうさ耳が消えて、ちくわの頭に戻っても……ちくわを返せと言わないでくれないか？」

　たとえ耀人がいなくなっても、ちくわだけでも側にいて欲しい。ちくわまで失ったら、孝明は一人だ。孤独の意味を知らなかった昔には戻れない。

『あはは。そんなの言いませんよ。僕は新しいうさぎを飼いましたから、ちくわは長谷川が責任を持って飼ってください。ちなみに新しいうさぎは、はんぺんと名付けました。可愛いですよ』

「すまない……東海林」

『長谷川、もしかして……』

「……悪い、着信が入った。また改めて電話をするよ」

　孝明は偽りの着信を理由に柊理の言葉を遮って、携帯を切った。

「うさ耳フェロモン……か」

　フェンスを背にすると、もたれ掛かるようにしてその場に座り込む。スラックスを通してうさぎの尻尾が圧迫されて痛い。いずれこの痛みも過去のものになるのだろうか。

「どうしてこんなに辛いんだ……何が問題なんだ」

　ちくわは柊理に返さなくてもいいのだ。耀人がいなくなっても、寂しくはないだろう。

　なのにどうして耀人のことばかり考えてしまうのだ。いままでうさぎが占めていた場所に、耀人が居座っているようだ。

櫂人はうさ耳が生えた孝明に告白した。うさぎは孝明を本当に好きでいてくれるだろうが、櫂人は違う。フェロモンが彼を惑わしているだけなのだろう。

彼は誰からも好かれる男だ。それは男女ともに言える。女性と食事をしても二度目がなかった孝明が、彼のような男に愛されるわけなどなかったのだ。

櫂人もそれに気づいている。孝明もようやく知った。

いま腕の中にちくわがいないのが寂しい。あの優しい感触がいまの孝明には必要だった。いや、どうしてそんなものが必要なのだ。

「……なんだ私は池田君が好きになっていたのか」

だから動揺して、傷ついてる。

ようやく動悸息切れは収まったが、見上げた空の青さが目に染みた。

孝明の様子が突然おかしくなった。

急に顔色が変わったと思えば、慌ただしく席を立った。後を追いたかったが、彼は本気で櫂人に付いてくるなと言った。その勢いに押されてすぐには追えなかった。十秒我慢して結局後を追ったが行方を探せなかった。

諦めて席で待つこと三十分。孝明は何事もなかったように戻ってきた。

少し乱れた前髪をなで上げ、右中指で眼鏡を正す。チラと視線を流されたが、じっと顔を見つめるばかりで口が動かない。

「課長、あの……気分はどうですか？」

「……大丈夫だが、なんだ？」

「いえ」

どうして唐突に出て行ったのか、孝明自身話すつもりがないのだ。櫂人は孝明が態度を変えたときにしていた会話を必死に思い出そうとした。

そういえば櫂人はこう言った。「だっていつも俺が側にいるとは限らないでしょう？」と。それから孝明が動揺をし始めた。

櫂人が側にいない状況を想像し、孝明は不安に陥《おちい》ったのだろうか。孝明にとって櫂人は特別な存在になりつつあって、その理由を自覚したとは考えられないだろうか。

いや、本当に上司から急に呼び出されたかもしれないし、期待して違ったらかなり落ち込むだろう。でも、もし孝明から話しかけられたら、櫂人の想像は間違ってないはず。

「池田君に話がある。ちょっといいか？」

孝明から緊張が伝わってくる。眼鏡の奥にある目には真剣な輝きが灯っていた。

だめだ、やはり期待してしまう――。

「は、はい。いいですよ」

「この時間なら打ち合わせ室が空いているだろう」

耀人は必死に平静を装ったが、激しくなった胸の鼓動を止めることはできない。

俺の努力は実りつつあるのだろうか――。

これから告白されるかもしれないと思うと、高揚した気分になっていく。だからといってにやけた顔をしていたら、孝明が思い直してしまう可能性だってある。

耀人は今すぐにでも彼の言葉を耳にしたいと焦りつつ、必死に平静を装った。

孝明はいつもより固い表情で耀人の一歩先を歩く。何か決心した顔だ。鼓動がますます早くなる。

告白だ。これは告白に違いない――。

廊下を歩いていると、すれ違う社員がみな孝明の頭に視線を寄越す。微笑む、驚く、眉をひそめる、薄笑いなど反応は様々だ。

いい年をした男が、頭にうさぎの耳をつけているのだから、きわもの扱いを受けても仕方がないだろう。もっとも実際は直接生えているのだが。

それを知るのは俺と東海林さんだけだ――。

優越感が耀人の高揚した気分に拍車をかけている。早く二人きりになりたい。互いの気持ちを確かめ合ったら、今夜から耀人は恋人に昇格だ。

孝明は空いている打ち合わせ室の一つに入った。耀人もそれに倣《なら》った。

「ここに長居するつもりはない」と言いながら孝明は扉を閉めたが、鍵は掛けず「すぐにすむ」と、耀人に向き直る。

「あの……お話とはなんですか？」

耀人が尋ねると、孝明は一度口を開いて、閉じ。そして決心したように、ふたたび口を開いた。

「私はうさぎと共に生きていくことにした」

「俺もです、課長！」

両手を広げて叫んだ耀人に、孝明は眉間に皺を寄せ、怪訝な表情を浮かべていた。

孝明はなんて言ったのだろう。確か「私はうさぎと共に生きていくことにした」と聞こえた。何度思い出しても、耀人が喜ぶような愛の告白とはほど遠い。

「あっ。……あれ!?」

「君もうさぎを飼ったのか？」

「ち、違います。そうじゃなくて……」

うさぎのちくわとすでに一緒に暮らしている。別に共に生きることをわざわざ宣言しなくてもいいだろう。それよりもっと言葉にするべき想いがあるはず。それはどうなったのだ。

「課長。俺に……告白してくれるんじゃなかったんですか？」

「ああしたぞ。うさぎと共に生きると宣言した」

「そういう告白じゃなくて……その……俺が好きだとか、俺と一緒にこれからも暮らしたいとか、君はこれから私の恋人だ……っていう意味のものだったんですけど……」

「私がどうしてそういう告白を君にしなければならないんだ？」

　孝明は迷惑そうに吐き捨てる。

　耀人は自分の予想が外れたショックで、思わず声を上げていた。

「えええええ——！　どういうことなんですか!?」

「だから、池田君には出て行って欲しいと言っているんだ。仕事が終わったら、うちにある君の荷物を今日限り持ち出してくれ」

「……急にそんなこと言い出すなんて、何があったんですか？」

「ずっと考えていたことだ」

「嘘ですね。さっきまでそんな話、一言もなかったじゃないですか。だいたいそういうことを話すなら会社じゃなくて、今朝一緒に朝ご飯を食べたときの方が人の目もなくてよかったはずですから」

「……確かにそうだな」

「俺が納得できる理由を話してください」

　耀人が食い下がると、孝明は小さなため息を一つついて、言った。

「……池田君との生活は気に入っているよ。君はよく気づくし、家事も得意だ。夜の方も無理強いされたと、被害者になるつもりはない。私も楽しんだ。だが、それを継続する理由がないことに気づいた」

　孝明は感情のない淡々とした口調でそう言っただけだ。なのに耀人には氷の槍で胸を突かれたような、痛みと冷たさを彼から感じた。

　どうしてこんなに心を抉《えぐ》る言葉を、孝明は平然と言ってのけられるのだろう。

「……課長は俺に……恋愛感情は持てないっておっしゃってるんですか？」

「そうだ」

「でも……うさぎは寂しいと死んじゃうんですよ！」

「ちくわがいる。私は寂しくない」

「あれは東海林さんのうさぎじゃないですか。耳が戻ったら返さなくちゃならないですよね」

「いや、私がこの先も飼っていいと東海林は言ってくれた。心配は無用だ」

　孝明は、大好きなうさぎが手に入ったから、人間はもう必要ないと、言っているのだ。

　耀人はこれでも彼のうさぎ好きに対抗するため、動物にはできないことをしてきたつもりだ。食事を作り、掃除をして、快楽の奉仕までがんばった。どれもうさぎからは得られないものばかりだ。

孝明はいずれ気づく。うさぎより人間の方が役に立つ。話し相手にもなる。友達にするにも恋人にするにも人間の方が絶対にいい……と。そのとき櫂人は、うさぎと同じ地位まで引き上げられたはず。けれど櫂人の思惑は完全に外れたようだ。

孝明は、うさぎを返さなくてすむと知ったとたん、目的を果たしたとばかりに、櫂人を自分のテリトリーから追い払おうとしている。

孝明のうさぎ好きを甘く見ていた。彼は自分の面倒をかいがいしく世話してくれる櫂人より、寝て食うだけの毛の塊を選んだのだ。

争えばそうなるだろうという結果を目の当たりにした櫂人は心底傷ついた。

俺はうさぎに負けたんだ――。

知っていた。気づいていた。けれどいつか変わると信じていた。

「……ああ、耳があるうちは朝晩の送迎は頼む。無理そうなら自分で運転して出社するから断ってくれていい」

「やります。断りません！」

どれほどうさぎと比べられ、やっぱりうさぎを選ぶと百万回言われても、ここで引き下がる櫂人ではない。

孝明のうさぎ好きが常軌を逸しているのは、当初から分かっていたことだ。彼はどれほど時間が経とうと、決してうさぎから興味を失うことはない。孝明にとってうさぎは人生そのものであり、親兄弟のように大切で、恋人のように愛する存在だからだ。

だからうさぎと競争したところで、勝ち目はない。何度敗北しようと、耀人はうさぎにはないもので勝負し続けるしかないのだ。

「そうか。まあ、嫌になったらいつでもやめてくれていいからな」

「嫌になんてなりません。なのでやめることもないです」

耀人は笑顔を浮かべた。

彼の人生から、完全に追い払われたわけではない。まだできることを残してくれている。そこに勝機があるかもしれない。

「そうか……悪いな」

「いえ。気にしないでください」

「話はそれだけだ。戻るぞ」

「はい」

打ち合わせ室を出て行く孝明を後ろから見つめ、耀人は来たときとは違う理由で興奮していた。

やる気になってきた――。

へこんではいられない。作戦を変えてアプローチをするのだ。

今度は、外堀を埋めて孝明を逃げられないようにする。それには彼をよく知る人物の協力が必要だった。


その日の夕方、孝明を自宅のマンションまで送り、自分の荷物を引き取って鍵も返した。孝明から特に引き留める言葉もなかったが、仕方がない。期待した結果が得られなかったといって落ち込むのは不毛だ。駄目なら次の手を考える。それが櫂人だからだ。

荷物をトランクに入れたまま、櫂人は孝明のマンションを後にして、東都大に向かった。

だが、東都大の来客受付で許可証を出してもらうのに、柊理に連絡を取ってもらったが、すぐに櫂人のことを思い出してもらえず困った。

「池田櫂人という人はご存じないようです」と言われたので仕方なしに「爽やか君」でお願いしますと頼み、ようやく柊理に通じた。

柊理の自室に向かうと、彼は相変わらず頭にうさぎの耳飾りをつけていた。櫂人の顔を見ると意味深な笑顔を浮かべられて困った。

何か孝明から聞いているのかもしれない。

「実は爽やか君が訪ねて来そうな気がしていましたが。今日とは思いませんでしたが……」

と言いつつ、櫂人の手元を見やって、フンと鼻を鳴らす。

「なんです、手土産もなしですか」

「あ……すみません。気が回らなくて……」

頼み事をするのに菓子折一つ持ってこなかった。いつもならこんな失態は犯さない。それほど櫂人の気持ちは乱れているのだろう。

「じゃあ、君。自分でお茶を入れて飲んでくれますか？　僕の分もお願いします。ついでいいですからね。ついでで」

柊理は手前の角にある電気ポットと、裏向けに置かれたカップを指差した。櫂人は手際よく紅茶の用意をして、すでにソファに座って待っていた柊理の前に置いた。

「どうぞ」

「……ちょっと雑な入れ方でしたが、まあいいでしょう」

柊理はそう言いながらも、小さな唇をカップにつけて、紅茶を一口飲んだ。初めて会ったときも思ったが、彼もまた人目を惹く容姿をしている。孝明のように綺麗系ではない。目鼻立ちが整っていて、童顔。なのに瞳の輝きには幼さがなく、老獪《ろうかい》さが見て取れた。

「さて……どのようなご用でいらしたのでしょう？」

「長谷川課長のことでちょっとご相談に乗ってもらいたくてやってきました。よろしいですか？」

「ええ。いいですよ」

　燿人は孝明と昼間あったことを包み隠さず話した。その間柊理は、聞いているような、実はそうではないような不思議な目をして、紅茶を飲んでいた。

「……というわけで、家から追い出されてしまいました。俺は諦める気はないのですが、どうすればうさぎと同じように俺を見てくれるんでしょう。あ、決してうさぎより好かれたいとかそんな大それたことは考えていません」

「……変ですね。僕は長谷川が爽やか君に振られたとばかり思っていたんですが」

「振られたのは俺です」

　柊理はカップを置いて、うさぎの髪飾りの先端を弄りながら、言った。

「……今日の昼間、珍しいことに長谷川から電話をもらったんです。とても思い詰めた声でこう言ったんです。『私の頭からうさ耳が消えて、ちくわの頭に戻っても……ちくわを返せと言わないでくれないか』と。僕はもうちくわを返してもらうつもりはなかったので、新しいうさぎを飼いました。そのことを伝え、ちくわは長谷川が責任を持って飼うよう頼みました。長谷川はホッとしたようでしたね」

そこでまた紅茶を飲んでから、言葉を重ねた。

「……だから僕はてっきり爽やか君に振られた長谷川が、うさぎまでいなくなったらどうしようと、慌てて僕に連絡をしてきたのだと思ったんです」

「だから俺は振ってないです。振られたんですよ……」

「何度も同じことを言わないでください。爽やか君が振られた話は、聞き飽きました。僕は言い飽きました」

聞き飽きるほど話したつもりはないが、柊理は不満そうに唇を尖らせている。

「すみません。それで……電話は何時頃あったんでしょう？」

「一時を少し過ぎた頃です」

それは、孝明が急におかしくなって席を外した時間だった。部署から出た孝明は、どこからか柊理へ電話をかけていたようだ。

そのあと孝明から、「私のうさ耳を宣伝に使うことを嫌がる本当の理由はなんだ？」と問われたのだ。櫂人は、孝明に自覚のないことが心配だと答えた。さらに「いつも俺が側にいるとは限らないでしょう」と付け加えた。

孝明が顔色を変えたのはあのときだ。

いつも櫂人が側にいるわけではない――からはじまり、うさぎもいつかいなくなる。柊理に返さなくてはならないからだ。それは嫌だ。うさぎは手放せない。だがうさぎは柊理のもの。大好きなうさぎを奪われるわけにはいかない。行動に出なければ——と思い至ったのだろうか。

うさぎを手放さなくてはならないという不安に襲われた孝明は、仕事中でありながら柊理に連絡を取ったのだ。そこで、うさぎは返す必要がないことを柊理から聞いた孝明は、先ほどまであった不安を吹き飛ばして席に戻り、櫂人にこう言った。


私はうさぎと共に生きていくことにした——。


「え〜なんでそうなるんですか!?」

明らかにおかしな結論に辿り着いているような気がするが、孝明にとっては真面目な決断だったのだろう。納得できないのは櫂人だけだ。

「突然叫んでなんです」

「すみません。長谷川課長のうさぎ好きはもはや常識では理解できないところまできていたんだと、落胆しているんです」

孝明は、うさぎと自分の世界に櫂人という他人を住まわせたくなかった。だから櫂人を家から追い出したのだ。

孝明の気持ちが自分に向きはじめているかもしれないと、胸を躍らせていた自分が急に恥ずかしくなってきた。結局のところ彼は、櫂人とセックスをして気持ちいいと思っても、恋愛という感情は生まれなかったのだ。

「どうして課長は俺を見てくれないんでしょう……」

「爽やか君はうさぎではないからでしょう」

真顔で柊理にそう言われ、櫂人は頷くしかない。諦めるつもりはないが、孝明の前に立ちはだかるうさぎの存在があまりにも大きくて、乗り越える方法を見つけ出せないでいる。

「仕事だけじゃなくて、料理も裁縫も洗濯も……俺はなんだってできることを証明してきたつもりなんですけど……他に何をすればいいんでしょう」

「うさぎにできないことをアピールするのではなくて……うさぎになろうとした方がいいのではないですか？」

「うさぎに……なる？」

「ええ」

「俺にうさぎになれっていうんですか!?」

「できないなら長谷川を諦めるしかないでしょう」

うさぎになれないなら孝明を諦めるしかないという考えだけはしたくなかった。これは櫂人が譲れない一線だ。

「俺は人間として課長に愛されたいんです。うさぎの格好をして愛されても、ちっとも嬉しくないです。だから絶対にうさぎにはなりません」

「爽やか君は意外と頑固なんですね。じゃあ、ちょっとこちらで待っていてください」

柊理はそう言うと、隣の部屋に姿を消した。

相談する相手を間違えた気がしてきた――。

けれど孝明の友人は柊理しか知らない。孝明が仕事帰りに居酒屋へ行くこともなかったし、それらしい誘いを受けたという噂も耳にしたことがなかった。

唯一通っていたのは柊理のところだけ。それもうさぎのちくわに会うためだ。

「はあ……」

何一つ思い通りにならず、気が滅入る。恋愛でいう愛情がわかなくても、情くらい移って欲しかった。そうすれば櫂人はまだ一緒に暮らせていたかもしれない。

いや、すでに起こってしまったことを嘆くのは、自分らしくないことだ。櫂人は楽天家だ。その櫂人がこれほどまでに何度も後ろを振り返るのは、よほど孝明の言葉が堪えているのだろう。

櫂人は自分の手で痛みを感じるほど強く頬を叩いた。

よし。気持ちがすっきりした――。

気を取り直した櫂人が顔を上げたところ、柊理が戻ってきた。

「……」

柊理はうさぎの着ぐるみ姿で立っていた。よくある着ぐるみとは少し違い、顔の部分は開いていて、すらりと細身だ。

いや、どうして柊理がうさぎの着ぐるみ姿になったのか、唐突すぎて言葉も出ない。

「これ特注なんです。限りなくうさぎの毛に近づけた繊維を使って、あの独特の手触りを再現しています。なので普通の着ぐるみより細身にできているんですよ。あ、顔の部分は空いていますから、息苦しくないんです」

「…………あのう……どうしてそういう格好をしているんですか？」

「爽やか君が着ないから、僕が着たんですよ。やはり少々大きいですね……」

うさぎの着ぐるみ姿の柊理は足首でたるんだ布を引っ張って、フウンと鼻を鳴らした。彼にはやや大きすぎるようだが、誰かにはぴったり合いそうだ。

「それ、俺に着せようとしてました？」

「どうして嫌な顔をしているんです。これでも僕は爽やか君の幸せを考えて、わざわざ購入しておいたのですよ。これを着たら長谷川は喜んで君を家で飼ってくれます。爽やか君の願いが叶うでしょう？」

彼が身につけている着ぐるみは、すぐに用意できるものではない。

初めて会ったとき、彼はこの日のために取り寄せたのだろう。しかも、冗談ではないところが怖い。

ただ、柊理なりに櫂人の力になろうとしてくれているのは間違いないようだ。

「東海林さんのお気持ちだけいただきます。でも俺……飼われたいわけじゃないんです。いえ……別に飼われてもいいいんですけど……いや、違う。俺は人として愛されたいんです」

「現実を思い知るべきですね」

「……は？」

「さあ、これから長谷川の家へ向かいましょう。大丈夫。鍵は預かっています」

柊理はテーブル脇に置いた鞄《かばん》を斜めがけにすると、着ぐるみ姿で歩き出す。

「え、東海林さん、その格好で行くんですか⁉」

「何か問題でしょうか？」

その姿が問題なんですけど――と、言いたかった。けれど指摘したところで、柊理が着替えてくれるとも思えなかった。

柊理はうさぎの着ぐるみ姿で孝明の前に立ち、選ばせようとしているのだ。櫂人の敗北は目に見えているが、柊理は改めてその現実を櫂人に思い知らせようとしている。

「結果が分かっているのに、意味があるんですか？」

「僕はね、これでも長谷川と爽やか君のことを応援しているんですよ。だからこそのうさぎの着ぐるみ作戦です」

彼の言っていることが理解できない。

「………」

「じゃあ行きますよ、爽やか君。運転をよろしく」

強引に決められ、糴人は拒否できず、孝明のマンションに向かうことになった。柊理の目的がどこにあるのか想像もつかないが、これを口実に孝明に会える。それでいい。

駐車場に到着するまで、まだ残っている学生や、柊理の同僚とすれ違った。だが誰も柊理の姿に意見をする者はいなかった。校内にいる警備員の視線も集めたが、引き留められることもなかった。

柊理は日常的に変わった行動を取っていて周囲は慣れているのだ。だから気に留めないのだろう。

特に声を掛けられることもなく、糴人達は無事に駐車場に到着した。何も言わなくても柊理は助手席に座り、糴人は車を出した。

対向車にとって、スーツ姿の男が頭にうさぎの耳を生やしているのと、うさぎの着ぐるみ姿の男と、どちらがより驚くだろう、などと運転しながら糴人は考えていた。

「爽やか君は、いつから長谷川に性的欲望を抱いたのです？」

「……ああ……いえ……はあ……その……」

予想もしなかった質問をされて、擢人は焦った。

「ここは躊躇うことなく正直に話すところですよ」

「……就職前に企業訪問する機会があったのですが、偶然、長谷川課長とすれ違いました。そのときから俺は就職活動は一本に絞って、無事に内定をもらい……なんとか長谷川課長の部下になれました」

「うさぎの耳は生えていませんでしたね？」

「もちろんですが……どうしてです？」

「ちなみに長谷川のうさぎの耳を見て勃起したりしますか？」

耳を見て勃起はしないが、形のいい尻に生えた尻尾を見ていると、そういう状態になることもある。が、人に打ち明けると変態に思われそうだ。

「……ふうん。するのですね」

「しっ。しし……しません！　俺は課長が好きですけど、うさぎをそういう対象に見たことありませんから！」

「耳や尻尾を見てむらむらしませんか？」

「それは……ちょっとだけ」

「ちょっと？」

「いえ……。あ〜……。結構……あります」

「そうですか」

「勘違いはしないでください。俺……課長にうさぎの耳や尻尾が生えてるから欲望を抱くのであって、うさぎそのものに欲情してるわけじゃないですから」

 櫂人は誤解されないよう説明したが、柊理は肉球のついた手の平を合わせて叩くと、親指を立てた。

「謎は解けました」

「は？　謎ってなんですか？」

「爽やか君、到着しましたよ」

「あっ……はい」

 すでに孝明のマンションに到着していたのを柊理に指摘され、意識が戻った。慌ててマンションのロータリーに車を入れようとしたが、別の車が何台も停められていた。その所有者達は入り口のところでたむろしている。その一団は男女ともに五人いて、うち男二人がそれぞれ小型カメラを持っている。嫌な予感がした。

「おや、報道陣のような人たちが集まっているようですね。何か事件でもあったのでしょうか」

 柊理は興味深げな目を向けているが、櫂人は心配だった。

 櫂人は車内からマンションを見上げた。孝明の部屋は十階南の角部屋だ。彼が在宅していると、カーテンが閉じられた窓は当然暗いが、キッチンの窓がリビングの照明を受けて仄《ほの》かに光る。それを見て、孝明が在宅しているのか判断できるのだ。

キッチンの窓は、孝明が在宅していることを教えてくれた。燿人はポケットから携帯を取り出して、孝明に電話を掛けた。が、留守電になっていた。

「東海林さんはここで待っていてもらえますか？　俺、ちょっと課長の様子を見てきます」

「僕も行きますよ。そのために来たのです」

「東海林さんの格好、ものすごく目立ちます。あそこの群れが向かってきたらどうします？」

柊理は自分の姿を見下ろして、また彼らの方へ視線を移す。

「……それは大変不愉快です」

「じゃあ、俺だけで行ってきます。鍵を貸してください」

燿人は柊理からマンションの鍵を受け取って、車を降りた。そして住人のような顔をしてマンションの入り口まで向かうと、たむろしている人達に驚いた顔をして「何か事件でもあったんですか」と声を掛けた。

五人の男女が一斉にこちらを向く。そのうちの一人が尋ねてきた。

「こちらにお住まいですか？」

「ええそうですが、何かあったのでしょうか」

「いまネットでうさぎの耳を生やしたサラリーマンが人気なのご存じですか？」

「……そんな話を聞いたことはありますが……。それがどうしたんです？」

「こちらに住んでいるという情報を得たので、ちょっとインタビューをさせてもらおうとやって来たんです。お留守のようなのでお帰りを待ちながら住人の方にお話を伺っております」

会社の行き帰り、孝明は帽子を被っているし、すぐに車に乗っている。帽子を脱ぐのは社内だけだから、マンションの住人に目撃されたとは考えにくい。

では誰かが意図的に孝明の住所を漏らしたのだろうか。

「俺はそういった人を見たことがないので、お力になれませんね。じゃあ……」

櫂人はマンションのホールを通り、柊理から借りたカードキーを使って、内側の自動ドアを開けた。外で待っている者達は無理に入ってくることはなかった。

櫂人はエレベーターに乗り十階を押す。軽い浮遊感とともにエレベーターは上昇した。

ほんの二時間ほど前、家を追い出された櫂人だ。その日のうちに会いに来たのを知ると、孝明は呆れるだろうか。それとも喜んで迎えてくれるだろうか。

十階に着くと、エレベーターの扉はすぐさま開いた。すると左手にある貨物用のエレベーター前に、ベージュの作業着を着た男が立っていた。帽子を目深に被っていて顔は見えないが、彼は、人の身長ほどある段ボールを、鉄製のキャリーカートに乗せて、エレベーターの到着を待っている。

こんな時間にも集荷しているんだと気にも留めず、櫂人は孝明の部屋に向かった。

燿人が孝明のマンションにふたたび訪れるその三十分ほど前にさかのぼる。

孝明は、着替えることも食事の準備をするのも面倒くさくて、ちくわを抱えながら、ぼんやりとしていた。

見慣れたものが、あるべき場所から消えていると、しばらく落ち着かなくなる。昔からそうだった。庭に生えていた黒松が虫にやられて枯れ、撤去するしかなくなったときと同じ。それまでとりたてて気にしたことなどなかったのに、視界から消えてしまった日から一ヶ月ほど、黒松のあった場所を見ては、気持ちがざわついたものだった。理由は分からない。ただ孝明には、幼い頃からそういうこだわりの強いところがあるのだ。

だから燿人を家から追い出した。彼が興味を失う前に。そして、自分が深みにはまる前に。そうしななければ、見慣れたものを失った喪失感をしばらく引きずることになるからだ。

けれど燿人のいない部屋にひとり過ごして分かったことがある。気がつけば彼の姿を探しているのだ。膝にうさぎを載せて幸せなはずなのに、小さな生き物を手の平で撫でながら、気がつくと周囲を見回している自分がいる。

一緒に暮らしたのは一週間ほどだ。なのにすでに彼はこの部屋の一部になっていたようだ。耀人がいて日常だった。それが普通になっていた。

なのに耀人はもういない――。

「ちくわも一匹だと寂しいだろうから、週末、相手をペットショップに探しに行こうか」

孝明はちくわにそう語りかけて、頭を撫でた。ちくわは鼻を小さく震わせて、目をしょぼしょぼさせている。

手の平から伝わる温もりに、沈んだ気持が少し浮上した。

今は忙しいけれど『うさみみ課長のパン』が発売になれば、少し時間が取れるようになるだろう。入社以来有給を一度も取っていないので、しばらく休んでちくわと一緒に旅行にでかけるのもいいかもしれない。

ペットと一緒に泊まれるホテルも増えた。ペット可というのだから、犬や猫だけでなく、うさぎを連れていってもいいはず。

ちくわと旅行か――。

きっと楽しいだろう。だが耀人が側にいたらもっと楽しいはず。彼は話題も豊富で、退屈することがないからだ。

などと考えて、何度目か分からないため息が漏れた。

これでは、彼のいない生活に慣れるのに、相当時間が掛かりそうだ。

「これも『うさみみ課長のパン』を売るための試練だ」

うさぎへの愛をうさぎの神に試されているのだ。見慣れたものがなくなっても、いずれ新しい環境に慣れる。同じように、喪失感からできた心の穴も、埋まる日がくるはず。

孝明はそんなことを考えながら、うさぎの耳が痒くて付け根を掻いた。自分の指で刺激を与えても、いい気持ちだ。これが櫂人の手なら、もっと感じるのだが。

また櫂人のことを考えている。

正直、こうも彼のことばかり思い出してしまう自分が、腹立たしい。

孝明が苛立っていると、来客を知らせるインターフォンが鳴った。誰も訪ねてこない自宅のインターフォンが鳴るのは、宅配くらいだ。

孝明はモニターを確認した。すると予想もしなかった男の姿が映っていた。

「中川部長……どうされました？」

『やあ、ちょっと近くまで来たからね。せっかくだし一杯飲ませてくれないか？』

「ええ……構いませんが動物は大丈夫でしたか？」

『動物？　何か飼っているのかな』

「うさぎがいます」

『うさぎならいいよ。襲ってこないし、噛んだりしないだろ？』

「それはありません。私の部屋は百十三号室です」

『じゃあ、後で』

モニターが消えてしばらくすると、玄関の呼び鈴が鳴らされた。孝明はちくわをケージに戻し、玄関に向かった。

「悪いね。もう休もうとしていた……っていう格好でもないな」

「私も先ほど帰宅したところで……着替えて夕食でも……と考えていたところです」

「そうか。ならよかった。ところで家でもうさ耳をつけてるの？」

「はい。『うさみみ課長のパン』が売れるよう、願掛けしてるんです。どうぞ上がってください」

啓司は玄関を上がり、孝明の後を追ってリビングに入った。ソファに座るよう促すと、彼は手に持っていた紙袋をテーブルに置いて、腰を下ろした。

「何かお話でも？」

「そうなんだよ……私も困っていてねえ。相談に乗ってもらおうと思って来たんだ」

「コーヒーを入れてきます」

孝明がお湯を入れるだけでできるコーヒーを用意してリビングに戻ると、啓司はケージに入っているうさぎを眺めていた。

「ねえ、君。これ本当にうさぎ？　なんだかあるべきものがないんだが……」

「こういう種類なんです」

「そうか……新種のうさぎかあ」

「他のうさぎとは少し違いますが、とても可愛いんですよ」

耳や尻尾がなくても、ちくわの可愛さはどのうさぎより勝っている。こうやって眺めているだけで自然と笑顔になるほど愛らしい。

「君、本当にうさぎが好きなんだね。びっくりだ」

「部長と同じですよ」

「だからね、長谷川君は誤解しているけれど、私は妖怪をそこまで愛してはいないよ。あくまでビジネス。売れると思ったから妖怪を推しただけだよ。まあ、そんなのはどうでもいいよね。結局、思い入れがあろうとなかろうと、売れたらいいんだ」

啓司と孝明の考え方は違うが、彼はそれで成功した。見習うべきこともある。ただやり方が違っても結果が同じであればいいのだ。

「コーヒーどうぞ。インスタントですが」

「ありがとう、いただくよ」

啓司はそう言ってコーヒーを一口飲んでから、テーブルの上に置いたビニール袋を指差した。コンビニの袋には何かが入っているようだ。

「それ、ちょっと見てよ」

言われてコンビニの袋の中身を見ると、他社で発売されたおにぎりパンが四つ入っていた。

「例のおにぎりパンですね」

「食べてみて」

「……え？」

「いいから」

孝明は昆布味のおにぎりパンの封を開け、一口食べてみた。柔らかいパンと、ご飯粒がほどよく口内で混じり、不思議な食感だ。

だが、この食感は味わったことがあるし、伝わる味覚も覚えのあるものだった。

「分かった？」

「ええ。うちで出すはずだったおにぎりパンとほぼ同じ味です」

「そうなんだよ。私達は試作品の試食もしたから、このおにぎりパンがどれほどうちで出そうとしていたおにぎりパンと似ているのか、分かるよね」

「やはりスパイですか。その後、社内調査はどうなったのでしょう」

「難航しているようだね。まあ思ったほど売れていないようだから、よかったのか悪かったのか、C

班の課長からすると複雑だろうけど」

孝明は別のおにぎりパンの封も破って、味わってみた。鮭おにぎりパンは甘みとしょっぱさがいい具合に混ざり合っている。

どうも変だ――。

「ところで……そのうさ耳だが……どうだろう、触らせてもらえないだろうか。ほら……あまりにもこう……柔らかそうで……作り物なのは分かっているんだが……君のそのうさ耳は、私のこの手を誘うんだよ」

「……他の味も試作品と変わらないですね。パンのアイデアを盗んだとして、こんなにも同じものを作ることができるでしょうか」

企画だけ盗まれてもこんなふうにできない。知っている者が携わってできたような味だからだ。

「ねえ、長谷川君。私の話、聞いてる？」

「……何かおっしゃいましたか？」

「いや、その……君の耳のことなんだが……いいよね。可愛いよね……触りたいと思うよね。駄目かな。ほら私達は長い付き合いだし……そのくらい許可してくれてもいいんじゃないかな」

啓司が孝明のうさ耳をあまりにも見つめてくるので、帽子を被ろうかと迷っているところ、また来客を告げるインターフォンが鳴った。

「ああ、誰か来たようです。今夜は珍しい……」

モニターに写った人物に孝明は驚いた。

C班の課長、米沢だった。

「米沢課長。どうしてこちらに!?」

『僕のおにぎりパンについて話したいことがあって来たんだな。構わないか？』

「ええ、もちろん。中川部長もいらっしゃっています」

『……そうか……でも、君の家に集まってよかったのか』

「気にしないでください。ドアを開けますので、右手のエレベーターで十階まで上がってください。

私の部屋は百十三号室です」

説明を終えてモニターを切ると、ソファに座っている啓司のもとに戻った。彼は自分が買ってきた妖怪パンを食べていた。

「米沢課長と聞こえたが……そうなのかい？」

「ええ。話があるようです」

「もしかして頻繁《ひんぱん》に米沢君が来たりしちゃったりするの？」

「いえ。中川部長と同じ、今夜が初めてですよ」

「本当に？」

「そうです。何か問題でも？」

啓司は手についたパンくずをトレーの上で払うと、すでにぬるくなったコーヒーを飲んだ。

「ねえ、彼もうさ耳狙いなんじゃないの？」

「おにぎりパンの話だと思いますが……」

「そんなもう終わった話をしても仕方ないと思わないか。米沢君がいまさらどれほど愚痴を言おうと、先に世に出た方が勝ち。企画の後先は関係ないんだから」

「そうですね」

「でも、『うさみみ課長のパン』は前評判よさそうじゃないの。宣伝に君のうさ耳姿を使ったのが功を奏したようだ」

「前評判だけでは安心できません。店頭に並んでからが勝負です」

おにぎりパンも斬新だと前評判はよかったのだ。けれど他社から出た似た商品はあまり売れていないようだった。

味も悪くない。パッケージもそこそこ。なのに購買まで至らない理由はどこにあるのか。これから分かってくるだろうが、企画した米沢は複雑な思いでこの結果を受け止めているだろう。それは明日は我が身の姿だ。

「確かにね」

玄関の呼び鈴が鳴り、米沢の到着を知らせる。孝明はソファに座ることなく、啓司に背を向けた。

「いらしたようです。玄関を開けてきます」

鍵を開けて扉を開けると、米沢はまず深々と頭を下げた。

「遅くにすまないんだな」

米沢はスーツ姿ではなく、シャツにズボンを穿いている。どちらもベージュ色で、素材は綿。まるで宅配業者の作業服のようにも見えた。

なんとなく不思議な感じがしたが、どんな私服を着ようと個人の勝手だ。

「……いえ、どうぞお入りください」

リビングに案内すると、米沢は持ってきた紙袋から酒の瓶を取り出して、テーブルに置いた。

「うちの実家で作っている酒なんだな。こういうときに飲むものだと思って持ってきたんだな」

米沢は啓司の隣に腰を下ろすと、紙コップも紙袋から取り出して、テーブルに並べ酒を注いだ。酒豪で有名な啓司は真っ先に紙コップを手に取り、中身を空ける。

「……くうっ、喉に来る。辛口なのに甘みがあって、悪くない」

「どうもでございます。長谷川課長もぜひ」

「え、ええ……」

酒はあまり得意ではなかったが、これが付き合いというものだろう。こうやって集まって話すのは嫌いではない。機会がなかっただけだ。孝明は口内を湿らす程度に酒を飲んだ。

「米沢課長もどうぞ」

「僕はここしばらく飲み過ぎて、逆に飲めないんだな。僕の分までぜひ飲んでくれないか」

おにぎりパンが他社から発売されたとあっては、しばらくアルコール漬けになってもおかしくない。とはいえ、毎晩酒浸りだとさすがに身体がもたないだろう。

孝明はふたたび紙コップの中身を口にした。少しピリッとした刺激を舌に感じたが、日本酒はいつもこんなものだったと気にせずに、つまみの豆を口に放り込んだ。

豆を口内で咀嚼しつつ、米沢の様子を窺う。以前よりやつれてはいるが、顔色はましになった。それでも苦悩から解放されたとは言いがたい。

彼の心を癒やすにはやはりあれが一番だろう。

孝明は立ち上がると、窓際に置いているケージからうさぎのちくわを取り出して、腕に抱いた。

「米沢さん、動物は苦手ではありませんか？」

「いや……大丈夫だけど……なんだな……嫌いではないかな」

「じゃあ、少し撫でてみてください。癒やされますよ」

抱き上げたちくわを米沢のそばに近づけると、彼はそろそろと手を伸ばして、頭を撫でた。ちくわは目を細めて鼻をピクピク動かしたが、おとなしく孝明の腕の中に収まっている。

「柔らかいな」

「ええ。可愛いでしょう」

「まあ……」

「抱いてみます？」

「そ……それは遠慮するんだな」

「怖くないですよ。とてもおとなしいですし」

「生温かいのは苦手なんだな」

いや、うさぎの生温かいところが気持ちいいのだが、自分のうさぎ好きを押しつけるわけにもいかない。孝明は彼らの前のソファに座ると、ちくわを膝に抱いた。

「米沢君、本当に大変だったね。他社に取られたことは私も心から同情しているんだよ」

「いいんです。実は僕がリークしたことですから、仕方ないんだな」

「へえ、君が……そうなんだ。ええっ！」

啓司は手に持っていた紙コップを落とさんばかりの勢いで身を引いた。孝明はちくわを撫でていた手が止まり、口が開いたまま閉じるのを忘れる。

「ちょっとどういうことなんだ。君がライバル会社に持ち込んだってことかい？　どうしてそんなことをしたんだ！」

「以前からうちにこないかと誘いを受けていましてね。どうせなら華々しく売り上げに貢献してから、転職したかったんだな。でも思惑通りにいかずに、おにぎりパンは全く売れない。そんな無能な人間など引き取るつもりはないと言われたんだな。結局、ライバル会社から手の平を返され、今の会社にもいずれ自分のしたことがばれて懲戒解雇になる。こうなったからには、もう、どうでもいいことなんだな」

「……米沢君、君はこれっぽっちも反省をしてないのか？　君のせいでおにぎりパンに費やした時間も人件費も無駄になってしまったんだよ」

「必要ですか？」

ばっさり切り捨て全く悪びれない米沢に、さすがの啓司も言葉を失ったようだ。企画課の課長としては一番年上だったが、米沢はとても真面目で、コツコツ努力する尊敬すべき人物だった。そんな米沢の、信じられない態度の変化に、孝明も思わず声がうわずった。

「米沢課長にとって、おにぎりパンは大切なアイデアだったはずです。なのにライバル会社にリークするなんて、私には理解ができません。どうしてそんなことをなさったのですか？」

「気味の悪い妖怪パンが売れて常に上から目線の中川部長にも、うさぎの耳を頭に生やして話題作りに精出す長谷川課長にも、うんざりなんだな」

「米沢課長を信じて、おにぎりパンの開発に力を貸してくれたあなたの部下や各部署の者に、少しでも申し訳ないという気持ちはないのですか？」

「僕はもう十年以上、新商品企画課でやってきたんだ。年下の中川君に先に出世されて、うさぎに取り憑かれた君のような男を見ていると、嫌にもなってくるんだな。いずれ君にも分かる」

「……分かりません。分かりたくない……ですね」

「ねえ、長谷川君。なんだかちょっと……不味い気がしてきたんだけど……」

と言って、啓司がソファに座ったまま、頭をテーブルに打ち付けた。孝明の目も視界が曇り始めて、頭がグラグラとし始める。先ほど飲んだ酒に何か入っていたのだ。

「私達に……何を……飲ませたのですか？」

「ただの睡眠薬だよ。目的は長谷川君だけだったんだな。中川部長が来ているとは思わなかったけど……まあいいか」

孝明は膝に載せていたちくわをなんとか床に離して、立ち上がろうとした。が、時間とともに手足だけでなく身体まで鉛のように重くなって、動かせないところまできていた。

眠い――。

「そのうさ耳、本物なんだね。毎日見ていて分かったんだな。で、それをどうしても欲しいって人がいて、大金を払ってくれることになってるんだな」

そう言った米沢は悲しげな顔をしていた。どこか後悔すら感じられる彼に、考え直すような言葉を掛けたかったが、孝明の意識はもう持たなかった。

エレベーターから降りた糴人は、段ボールを運ぶ宅配業者を気にしつつも、孝明の部屋へ急いだ。だが、驚くべきことに玄関の扉が見慣れない靴が挟まって開いていた。慌てて玄関を上がって、リビングに向かう。

リビングのテーブルに啓司が突っ伏していて、床にはちくわがいた。ちくわは後ろ足を上下させ、床をタンタンと叩いている。興奮したり警戒しているときにうさぎが取る行動だ。

「中川部長……一体何があったんですか？」

啓司の肩を強めに揺らしたが、ぐっすり眠り込んでいて、起きる様子がない。糴人はちくわを抱き上げ、周囲を見渡した。

テーブルの上に酒の瓶が置かれ、紙コップが三つ。一つは孝明、一つは啓司、あと一つが不明だ。その人物と孝明はいま一緒にいるのだろうか。

糴人は玄関に戻って孝明の靴を確認した。靴はすべてそろっている。彼が新しい靴を買っていないのなら、いま裸足だった。しかも外出時には必ず被る帽子が、玄関の棚に置かれたままになっていた。

どんなときでも一分の隙もない格好をして出かける孝明には、あり得ないことだ。

玄関にもある来客用のモニターを燿人はチェックした。訪れた人間をすべて録画しているから、巻き戻せば誰が訪れたのか分かるはず。

最初に啓司、次に米沢が訪れていた。

どちらも珍しい来訪者だが、特に米沢の姿に燿人は驚いた。宅配業者のようなベージュの上下を着ていたので、最初誰なのか分からなかった。彼は、おにぎりパンのアイデアが他社に盗まれ、さらに売れていないという辱めを受けている新商品企画課C班の課長だ。孝明は会議などではまれに会話をするようだが、普段は挨拶程度の相手で、白宅に招く仲ではない。もっとも啓司もその中に含まれるが、彼の目当ては分かっていたので、ここまで来たのかとため息が漏れた。

だが啓司はこの部屋に残っている。不在なのは孝明と米沢だ。記憶をたどると先ほど段ボールを運んでいた男の体型が、米沢に似ていた気がした。

燿人はエレベーターホールに戻ると、すでに段ボールをカートに乗せた男の姿はなかった。エレベーターを呼ぶボタンを押した。だが一階から上がってくるのを待っていられず、燿人は非常口のドアを開けていた。

ちくわを抱いたまま、急いで階段を駆け下りたので、途中何度も転びそうになった。息切れしながら一階に辿り着いたが、ホールにカートを押す男の姿はない。

耀人はマンションの前に今もまだたむろしているテレビ局の人たちに、宅配業者の行方を尋ねた。

「あのっ、いま大きな段ボールをカートに乗せた業者が通りませんでしたか？」

「それならあそこだよ」

指差された方を見ると、駐車場の端に小型のバンが停められていた。その後部座席に段ボールを押し込めている男の姿が見える。

「ありがとうございます！」

耀人は走りながら礼を述べ、小型のバンの側にいる男に叫んだ。

「ちょっと待って……そこの……」

鍔の長いキャップを目深に被る男が顔を上げてこちらを見た。駐車場を照らす明かりに浮かんだ男の顔はよく知る男のものだった。

「やっぱり米沢課長！」

男は耀人の声に顔色を変え、慌ててスライド式のドアを閉めた。耀人のことを知っている米沢が、呼びかけに答えることなく、逃げるように車に乗り込んだ。その行動は明らかにおかしい。耀人の想像は間違っていないのだと確信した。

ようやく小型のバンのもとまで辿り着いたが、車は耀人をあざ笑うかのように車道へ出て行った。走って追いつけるものではないので、耀人はロータリーまで戻ると、自分の車に乗り込んだ。助手席で退屈そうに座っている柊理の膝にちくわを載せる。

「長谷川はいたんですか？　それにちくわをどうして連れてきたんです？」

「課長は同僚に拉致《らち》されたみたいです！　興奮していたちくわを部屋においておけなくて、連れてきてしまいました。中川部長もいたし……部長は眠ってましたけど」

車にキーを差し込み、エンジンを掛け、小型のバンを追う。見失うのが一番怖かったが、二台先に小型のバンを捉えて、ひとまず安堵できた。

「なんだかよく分からない状況ですね。拉致ってどういうことですか？」

「分かりません。でも……それしか考えられないんです。米沢さんはC班の課長なんですが……おにぎりパンのアイデアを他社に盗られてしばらく落ち込まれていたんですが……。そのストレスからおかしくなったのかもしれません」

「おにぎりパンのことは知りませんが、アイデアを盗られたなんとか課長は、長谷川をどうして拉致するんです？」

「分かりませんけど……いろいろありますよ。課長があまりにも可愛いから拉致したとか、うさ耳を独占したいとか、とりあえず手元においで愛でようとか……」

「爽やか君改め……エロ山君に改名しましょう」

「俺の名前に山は入ってないでしょう！　どこから山の字を引っ張ってきたんですか」

「……エロエロ君」

柊理はちくわを撫でながら呟いた。彼の名付けは思いつきのようだが、あまり大声では呼ばれたくないものに変化している。

「すみません、爽やか君でお願いします」

「僕はどちらでもいいですけどね……でも、アイデアを盗られた男が長谷川を愛でたいと思いますか？　逆にうまくいきそうな『うさみみ課長のパン』を企画している長谷川を、嫉妬から殺したいという考えの方が納得できますよ」

「あっ……あっさりそんな怖いこと言わないでください！」

「人間の怖いところはそこですよ、爽やかエロエロ君」

「なんだか……合体してません？」

「呼び名はどうでもいいですから、早く前の車を停めなさい、爽やかエロエロ山君」

「分かってます！」

どういうつもりで米沢が孝明を拉致したのか不明だが、あまりいい理由ではなさそうだ。

「……っ」

なんとか白いバンの後ろにつきたいのだが、間にある二台の車がどうしても追い抜けない。ただ見失わないようついていくのに必死だ。

「あの二台、邪魔だっ！」

「僕たち追われてもいますよ」

「……は!?」

バックミラーを見ると、マンション前に停まっていた報道関係者の車も追いかけてきていた。どうして追いかけてきたのか定かでないが、隣に座る柊理の姿のせいかもしれない。

この人、連れてこなければよかった――。

「東海林さん、警察に連絡してください。知り合いを拉致した恐れのある車を追ってるって」

「いいですよ」

柊理は快くそう答えると携帯を出して110番してくれた。そしてカーナビを確認して現在の座標と、追いかけている車のナンバーを詳しく話した。

「すぐに手配してくれるそうですよ。仲間が増えてよかったですね」

「東海林さん、どうして車のナンバーまで覚えているんですか？」

「すれ違った時、偶然見たんですが、間違いないです」

「暗かったし見たとしても一瞬だったはずですよね？　なのにどうして間違いないと言えるんですか」

「門のところにある街頭に偶然ナンバープレートが反射して見えたんです。あと僕は一度目にしたものは写真のように記憶してしまうので、忘れられないんですよ」

「本当ですか？　じゃあどうして人の名前が覚えられないんですか？」

「ちょっとした欠点は、完璧よりも人間関係をよくするものです。そんなことも知らないのですか？」

「……」

納得していいのか、それとも都合がよすぎないかと突っ込むところなのか。

どちらにしても柊理に、こちらの常識は通じない。

「さあ長谷川が陵辱されないうちに、さっさと奪還するんですよ！」

柊理の言葉に、櫂人は未だかつてない力がみなぎってくるのを感じた。

愛する者を救い出す――。

興奮と歓喜が同時に身体を支配する。自分にヒーロー願望があるとは思わなかったが、気分はそれに近かった。自分だけが知る愛するものの危機。それに立ち向かう自分。アドレナリンが大量に放出されているのか、恐れを全く感じない。興奮しているはずなのに、頭はやけに冷静で、ハンドルを切る手も正確だった。

緩急をつけてアクセルを踏み、対向車が一瞬途切れたのを見逃さず、前の車を追い越す。もう一台追い越そうとしたが、対向車が切れ目なくやってきて、すぐには目的が果たせなかった。

「あと一台！」

意識を集中しすぎて目と目の間に、痺れるような痛みが走る。怒りから体温が上がって、ハンドルを握る手にも力が入る。いまこの瞬間にもこの車を追突させてやりたい。そして米沢を車から引きずり出して、拳が痛みで麻痺するまで殴ってやりたい。そんな気になっている。

だが、怒りと同じだけ後悔もあった。

どうして孝明の言うとおりにマンションを出てしまったのだろう。

彼が望まなくても、うさぎだけでいいと宣言したとしても、せめて彼のうさ耳が頭から消えるまで、擢人は側にいて護るべきだった。

一緒にいたら、この事態は避けられたはずなのだ。

不意に対向車が途切れた。

その瞬間を逃さず、擢人はアクセルを踏んで、車のスピードを上げて回り込む。

「エロ太郎君、なかなかやりますね」

なんだかもう突っ込みどころがありすぎて、指摘するのも煩わしい。

擢人は孝明が乗せられているだろうバンを前に、唇を噛んだ。

目的のバンの後ろにつけたが、ここからどう前の車を停めさせるのがいいのだろうか。

「どうやって停めさせるつもりです？　車の前に回り込んだら、衝突事故に発展しかねませんし、かといって併走するのは、対向車がひっきりなしに来るので無理そうです」

「分かってます」

そろそろ応援に来てくれてもいいだろうパトカーの音はまだ聞こえてこない。警察の助けはいま期待できそうになかった。

「運転、代わってもらえます？」

「うさぎ姿の僕におっしゃってるのでしょうか？」

「他に誰がいるんですか？」

「ちくわ」

「ふざけてる場合じゃないですよ！」

「僕はいついかなるときも大真面目です」

真顔の柊理に、ああ彼も一般人とは違う世界の住人だったと、櫂人は改めて思い知った。とはいえ、協力してくれないわけではない。

「東海林さん、なんとかして俺と運転を代わってください」

「……まっすぐ走らせるだけならなんとかできるでしょう。ただ、うまく走らせる保証はできませんが」

「それで十分です」

「どうやって入れ替わります？」

「えっ、それ脱がないんですか⁉」

柊理はうさぎの姿のまま、膝にちくわをだっこして座っているのだ。あの格好のままではアクセルがきちんと踏めないはず。

「一体型なので簡単に脱げないんです。だいたいこんな狭い車内では難しいでしょう。ですが足の肉球は外せるようなので、アクセルは普通に踏めるでしょう」

「……分かりました。じゃあまず半分身体をこっちに移動させて、運転を代わってください」

「爽やか太郎君がいるのにどうやってです？」

また呼び名が変わってる——！

どこから太郎が出てきたのか分からないが、無性に訂正したかった。だが、いまはそれどころではない。

「窓から身体を半分出しますから、大丈夫です」

「……アクション映画のように前の車に飛び移るつもりですか？」

「そうです」

「やめた方がいいですよ。映画では簡単に飛び移っているようですが、現実では車のボディが摑めず滑って落ちてタイヤに踏まれてあっという間にあの世行きです。死んだら元も子もないですよ。分かっていますか？」

柊理がなんと言おうと、櫂人はやめるつもりはなかった。

手を伸ばせば届くところに孝明がいる。このまま車を見失うわけにはいかなかった。

身体が上下に揺れるたびに、段ボールの感触が頰から伝わる。同時に、おろし金で頭を削られたような痛みが走った。意識が朦朧《もうろう》とするなか、痛みだけが鮮烈に走り、視界が一瞬戻ってくる。けれど自分を包んでいる周囲は真っ暗で、見下ろしても身体が見えない。暗い場所に閉じ込められているのか、それとも自分の目がやられているのか、判断が付かなかった。

ただ、あまり酒を飲まなかったからか、薬の効果が切れつつあるようで、意識がはっきりしてきた。

「……っ」

闇の中なんとか手を動かそうとしたが、後ろ手に拘束されていて、できない。芋虫のように身体を折り曲げて進み、自分を押し込めている段ボールから出ようとした。けれど意外と頑丈で、身体をぶつけてもびくともしない。次の手を考えていると車が急に蛇行しだして、孝明は段ボールと共に転がった。そのたびに車内で段ボールが跳ねた。中にいる孝明は、ドンと車の荷台に落ちては身体をしこたま打ち付けるばかりだ。段ボールは衝撃を吸収できるほどの厚みはなく、孝明はあちこちから伝わる痛みに堪えるしかない。

「何があったんだ……」

闇の中で頭を振り、何度も瞬きを繰り返す。そのうち目が慣れて段ボールの継ぎ目から明かりが差し込んでいるのが見えた。その頃には記憶が戻り始めていた。

今夜は忙しかった。櫂人を追い出した後、来客が多かった。まずは啓司、次に米沢が訪ねてきた。米沢の持ってきた酒とつまみを食べていると、彼がとんでもない告白をし始めた。聞いているうちに、逆らいがたい睡魔が襲ってきたのだ。

薬を盛られたかもしれないと気づいた頃にはもう遅かった。

「……っ！」

また車が大きく右に振れ、段ボール箱が同じ方向へ転がった。けれど車内のドアにぶつかり、反動で真ん中に戻る。そこで段ボールの継ぎ目が耐えきれなくなって千切れ、孝明は放り出された。車は相変わらず蛇行運転を繰り返していて、孝明の身体は翻弄される。

前方から、悪態をつく声が聞こえてくる。米沢が誰ともなしに吐き捨てているようだ。孝明は吐き気と頭痛を堪えながら、なんとか立ち上がろうとした。

すると、頭上からドンという鈍い音が響いた。見上げると人が這っているような、擦れた音が聞こえてきた。それは前方へ移動していく。

孝明は床に顎を押しつけ、膝を折り曲げる。顎に体重を掛けて、丸虫のように身体を曲げて、一気に身体を起こした。

正座をする格好で身体を起こしたが、膝に力を入れてようやく身体が安定していた。今にも車のドアにぶつかりそうな揺れに、息切れしつつあった。

「あいつ、何を考えてるんだ！」

ひときわ高い声が車内に響いた。米沢の苛立ちと怒りが滲む声だった。顔を上げると、フロントガラスの上部に、逆さになった櫂人の顔があった。彼はどうも車の上に張り付いているようだ。ということは先ほど天井から聞こえた音は、彼が車に飛び移ったときの音だったのか。

どうしてあんなところにいるんだ――!?

状況がまったく呑み込めず、孝明が驚愕している中、彼と目が合った。両親を殺されて復讐に燃える男のような、鬼気迫る表情をした櫂人が、その瞬間、表情を和らげる。

危機的状況であるのに、孝明の胸から溢れる熱い昂ぶりが手足の先まで満ちていく。不思議な感覚だった。

「くそ、降り落としてやるんだな！」

米沢はそう言い、危険な運転をするためハンドルを切った。車は大きく揺れたが、膝で身体を支えて、飛ばされないよう堪えた。

幸い米沢は、車に張り付いて行く手を邪魔しようとする櫂人に意識が奪われていて、背後にいる孝明のことなど気づきもしない。

「落ちろ、落ちろ、落ちてしまえ！」

呪文のように同じ言葉を繰り返し、ハンドルを右や左に切る米沢に、孝明は背後から運転席に身体をぶつけた。だが米沢は車を停めることなどなく、ただ、後ろにも敵がいるのだと分からせてしまりだけだった。

米沢の運転はますます混迷を極めた。孝明はその勢いで横倒しになって、車体に背を打ちつけた。拘束されている手首が痺れ、痛みから感覚が失われつつあった。

もっと何か大胆な行動を取らなければ、米沢の危険な運転はまだ続くだろう。そしていつまでも櫂人は天井に張り付いていられないだろうし、いずれ力尽きて車道に放り出されてしまう。それだけなら軽い怪我ですむだろうが、衝撃で骨折しないとはいえない。最悪、対向車のタイヤに轢《ひ》かれて死んでしまうかもしれない。

死ぬという言葉が頭をよぎると、孝明はようやく冷静さを取り戻したはずの気持がふたたび乱れた。

彼を救えるのは今ここにいる自分だけ。

櫂人のいない生活を想像して、身が凍える。姿が見えないだけではない。この世から消え、二度と会えない明日を想像し、それはとても受け入れがたい現実だと、孝明の心が告げていた。

彼がたとえ、孝明のうさ耳フェロモンに惑わされ、本心から好いてはいなくても、自分の気持ちは変わらない。

　燿人が大切だった。怪我などしてもらいたくないし、まして死を想像するのも嫌だった。それを現実にするつもりもなかった。

　孝明は揺れる車内でなんとかバランスを取り、膝を擦るように動かして、運転席に近づいた。米沢はバックミラーでこちらの動きを注視している。孝明が自分の背後に近づきすぎないよう、ハンドル操作を行うのだ。それは外にいる燿人にとっても、不愉快な状況だろう。

　さあ、どうする。と、次の手を考えているところ、遠くからサイレンの音が響いてきた。米沢がそれに気を取られ、一瞬バックミラーから視線を逸らせたのを見逃さなかった。

　孝明は頭から運転席に飛び込むと、自由な口を使って、米沢の腕に嚙みついた。米沢が「ぎゃっ」っという悲鳴を上げ、孝明の身体を後ろへ押し戻そうとする。けれど上半身と膝で運手席のシートを挟み込み、彼の思惑を阻止した。

「くそ……離せっ！」

　米沢は自由な手で孝明の背中や肩を殴ってきた。けれど孝明は嚙みついた口を緩めなかった。ここで車を停めさせなければ、燿人が落ちてしまう。彼のために何かしなければという思いが強く、どれほど強く叩かれても痛みは感じなかった。

　だが、うさぎの耳を引っ張られると、頭皮から引っこ抜かれそうな痛みが走って、焦った。耳が取られてしまう。そんな恐怖が心拍数を上げる。

「車を停めろ！　課長を離せ！」

運転席の窓の方から燿人の声が響いた。米沢の腕に嚙みついたまま、右上向きに視線を移すと、燿人の顔が逆さに覗いていて、彼の手は米沢の右腕を摑んでいた。

「お前達……離せ！　事故ったらどうしてくれるんだ！」

「だったら、米沢課長がさっさと車を脇に停めたらいいでしょう！　俺は長谷川課長を無事に取り戻すまで、この腕を放しませんから！」

「……きっ、君、落ちたら大怪我をするんだな。いいのか!?」

「俺の課長を返せ――！」

燿人の言葉を聞いたとたん、今の状況を忘れて孝明は胸がときめいた。が、次の瞬間、大きく左に曲がった車は車道に乗り上げて、そこで停車した。

車が停まった安堵から米沢の腕を嚙んでいた口が離れた。不安定な体勢を戻そうとする前に、米沢の身体が開いていた窓から引っ張り出された。

「うわあぁ……！」

米沢の声はリボンが風にたなびくように揺れ、語尾が消える。孝明が身体を起こして外を見ると、燿人が米沢を蹴っていた。その目は怒りに燃えていて、米沢は歩道をサッカーボールのように転がされている。

「池田君、やめるんだ！」

そう叫んだが、櫂人には聞こえていない。孝明は身体全てを運転席に移動させると、ドアのロックを外して、芋虫が這うようにして歩道に出た。

まだ昼間の熱が残る歩道は生ぬるい。身体を起こして櫂人を止めたいのだが、動きが鈍い。

「長谷川、大丈夫ですか？　なんだか変な格好ですね」

片手にうさぎを抱いた、うさぎ姿の男が手を差し伸べてくる。顔の部分は開いていて、その人物は柊理だとすぐに分かった。

「東海林、どうしてそんな格好をしているんだ？」

「助けに来たのに、最初の台詞がそれなんですか」

「いや……助かった。ありがとう」

彼の手が後ろ手に拘束されていた縄を外して自由にしてくれた。孝明はようやく身体を起こして、立ち上がる。

櫂人はまだ米沢を蹴っていた。孝明は彼の側に駆け寄り、肩を摑んで止めた。米沢は頭を抱えて身体を折り畳むようにして丸くなっている。米沢が顔をくしゃくしゃにして泣いて謝る姿はあまりにも切なくて、孝明はもう彼を許していた。

「池田君、もういいだろう。これ以上やったら君が逮捕されることになる」

「こいつ……課長を段ボールに詰めて拉致したんですよ。どう考えても、友好的じゃないですよね。課長を飼おうとか、売ろうとか、いやらしいことをしようとか、陵辱してやろうとか、絶対に考えていたはずなんです！」

「……いや……研究者に売られようとしていたようだが、いやらしいことは示唆されていない」

「それって、爽やかエロ太郎君のしたいことじゃないんですか？」

ちくわを撫でながらそう指摘した柊理に、櫂人はようやく我に返ったようだった。

「おっ、俺の妄想は……どっ、どうでもいいんです！」

いつもの顔に戻った櫂人に、安堵する。彼に怒りの表情は似合わない。ただ自分のことで怒る彼を見るのは悪い気はしなかった。いや、ときめいた。

「課長！」

櫂人は孝明の身体を痛いほど抱きしめてきた。いつもより強いその抱擁に、孝明は身を任せた。人きな子供に抱きしめられているような気がする。けれど決して幼くないその力強さに、孝明は改めて彼が好きになっている自分に気づく。

「私は怪我もしていないし、米沢課長も反省しているはずだ」

「反省したからって……許されることじゃないんです」

「そうかもしれないな……だが、彼の気持ちも分かる。理解したらもう責められない」

やんわりと櫂人を離し、米沢を見下ろす。彼も少し落ち着いたのか、身体を起こして、歩道に座り込んでいた。

「米沢課長の気持ちが理解できないわけではありません。確かに努力が報われるとは限らない。その現実を踏まえた上で、私達は新商品を作る。何度も、何度もです。上手く売れても、売れなくても、結果は真摯《しんし》に受け取るべきなんです。そしてまた新しいものを作る。不毛なチャレンジかもしれません。でも私は報われることの少ないこの仕事をしたくて、選んだんです。うさぎの可愛らしさをたくさんの人に知ってもらいたいからです。今回うさみみ課長のパンが売れなくても、私はまた新しいうさぎパンを企画します。許可が出るかどうかは上層部次第でしょうが……私は諦めません。妖怪パンのように売れる方が幸運なんです。幸運はそうそうやってこないですが、何もしない人には永遠に訪れない。諦めたらそこで終わりなんです。でも終わりにするか続けるか、自分で決められる。なら挑戦する価値はおおいにあると思いませんか？」

「……十年後、君が同じ台詞を言えたら、僕ももう一度考えてみるよ。だが……それはいまじゃないんだな」

彼の十年後は結果が出たようだが、孝明の十年後はまだ訪れていない。

幼い頃からうさぎが好きだ。今もうさぎ愛は冷めていない。さらに十年後、どうなっているのか、想像しなくても分かっている。

それはパンじゃないかもしれない。けれどやっぱりうさぎ関係のものを作っているだろう。それだけは断言できる。

「誰かが拉致されたと連絡を受けたが、そんな状況には見えないんだが。説明してくれる者はいないか？」

ようやくパトカーが到着したのか、警察官二名がやってきて、年上の方がそう言った。同じくしし報道陣がやってきて、カメラをこちらに向けている。

本当のことを話したら、米沢は逮捕されてしまうだろう。事情はどうあれ相当罪は重くなるはず。嘘はつきたくないが、ここで必要なのはそれだ。何か彼らが納得しそうな話がないだろうか。

「こっ……これは……うさみみ課長のパンを売るための……宣伝行為だったんです！　俺の勘違いで警察を呼んでしまって申し訳ありません！」

櫂人は叫ぶようにそう言い、膝に額が付くほど深く頭を下げた。周囲の人間はみな無言になる。だが、警察官はうさぎの耳を生やしたスーツ姿の孝明や、うさぎの着ぐるみ姿の柊理が腕に本物のうさぎを抱えているのを見て、眉間に縦皺を深く刻んだ。

とても拉致事件が発生している深刻な状況には見えないからだろう。

「君たちは警察をなんだと思っているんだ。冗談ではすまないぞ」

「申し訳ありません。このことを知らなかった部下が、私が拉致されたと勘違いして連絡してしまったんです」

「僕は別に勘違いしてないですよ。だいたい……」

と話し始める柊理を、耀人が「この人のことは気にしないでください」と遮った。

「でも……確かに段ボール箱に誰か押し込められたんですよね？　マンションから飛びだしていった君はそうとう慌てていたじゃないですか」

報道陣の一人がそう言って、怪訝そうに孝明たちを見回してくる。

「そ、そうなんです。人の多いところで、うさぎの耳をつけた課長が段ボール箱から突然登場したら驚くでしょう？　目撃した人たちはまたネットで画像を上げてくれるでしょうし、ニュースになればいい宣伝になるだろうと思って……」

耀人の説明は、ちょっと苦しい言い訳にも聞こえたが、そう悪くない気がした。

「じゃあ、みんな仲間か」

「えっ、私達は違いますよ。ただうさ耳を頭につけた課長さんを撮ろうと追いかけてきただけなんですから」

といってカメラはしっかり回している。

「とりあえず……通報したのは確かなんですからね。ひとまずパトカーに乗ってもらいますよ」

警官はうんざりした表情でそう言い、パトカーに乗るよう促された。

孝明たちが警察署から解放されたのは深夜過ぎだった。事件にはされなかったが、こってり絞られた。誘拐された拉致だ、などという電話をしたのだから、仕方がない。米沢が逮捕されなかったのは幸いだった。もっとも櫂人は不満そうだったが。

駐車場に移動させられた櫂人の車の隣に、米沢のバンが停められていた。一緒に歩いている米沢は痛みを堪えるよう胸を押さえているが、謝罪も言い訳も、口にしなかった。

自分の企画を他の会社にリークしたのだから、今の会社は辞表を出すしかないだろう。これから彼がどういう人生を歩むのか、気にはなるが知る必要を感じなかった。

彼が選んだ人生だ。孝明に言えることは何もない。

「僕はここで……」

そう言ってバンに乗り込んだ米沢の車が、闇に消えるまで見送る。思うことはいろいろあるが、もう米沢のことは考えたくなかった。

「ああ、僕はもう抱きつかれました。長谷川に返します」

柊理はそう言って孝明にちくわを渡してきた。ちくわは顔をきょろきょろさせて、興奮を隠しきれない様子で頭を上下に振っている。

「東海林、そういえばどうしてちくわを連れてきたんだ」

「誰かさんが拉致されたからか、部屋でやけに興奮していたからですよ。あのままうちに置いていたら何をしでかすか分かりませんでしたからね」

孝明はちくわを見下ろして、そっと撫でた。孝明が無理やり箱に押し込められて連れ出されたのを、ちくわだけが目撃した。だから心配してくれていたのだろうか。

「ありがとう、ちくわ」

ちくわを宥めるよう撫でたが、軽く噛まれて手を引っ込めた。まだ興奮冷めやらぬ状況のようだ。傍らで見ていた櫂人が心配そうに聞いてきた。

「大丈夫ですか？」

「ああ。今夜は落ち着かないことがいろいろあったからな。ちくわもストレスが溜まっているんだろう。血は出ていないから、ただの甘噛みだ」

孝明は何度もちくわの頭を撫でて、落ち着かせようとした。けれど本当にちくわが必要だったのは孝明だ。この柔らかい感触を手の平に感じ、ホッと一息つけた。

「……長谷川、頭」

「頭がどうした？」

「課長……うさ耳が……なくなってます！」

「えっ⁉」

ちくわを片手で抱いて、もう片方の手で頭を触る。確かに先ほどまであったうさぎの耳は消えていた。綺麗さっぱり、跡形も残さず。その代わり、ちくわの頭には立派な耳が二本生えていた。よく見ると尻尾も元通りになっていた。

「ちくわに……戻ったのか！」

「やはりちくわの耳だったのですね」

孝明は車に乗り込む前にサイドミラーで自分の姿を映して見た。うさぎの耳はもうそこにはなかった。見慣れたものがまた一つ消えた。ちくわに耳が戻ったのは喜ばしいが、なんだか寂しい。

「課長……よかったですね」

耀人から掛けられた言葉に顔が上がる。彼を虜にしていたうさぎの耳はもうない。なのに彼の目には、孝明に対する愛情がまだ残っているように見えた。

気のせいだ。そう思い込もうとした瞬間、耀人の唇が自分の唇に重なった。久しぶりでもなんでもないのに、口づけは未だかつてないほど甘く、心地のいいものだった。

「セックスは帰ってからにしてください」

柊理の言葉に我に返った孝明が唇を離す。耀人は名残惜しそうな顔をして、車のロックを外す。うさ耳はもうないのに、彼はなぜ孝明に口づけたのだろう――。

孝明の疑問は三十分ほど経って、解決した。

先に柊理を自宅へ送った。ちくわも一晩だけという約束で預けた。孝明はどうしてもいますぐ二人きりになりたかったからだ。

孝明の家には啓司が寝ているため、耀人のマンションに向かった。彼の住まいは1DKでそれほど広くはなかったが、余計な荷物はなく整理整頓が行き届いた部屋だった。

耀人は玄関を上がるなり孝明の上着をはぎ取り、シャツを脱がして、ベルトに手を掛けた。孝明は拒否することなく身を任せて、彼を手伝い自らの服を脱いだ。廊下で素っ裸になると、今度は耀人のシャツのボタンを外して彼を裸にする。

「俺、ベッドまで我慢できない……」

耀人は孝明の身体を荒々しく抱きしめながら、壁に押しつけた。玄関の壁に背を押し当てられたまま、耀人に身体を愛撫される。激しく貪《むさぼ》るように肌を吸われて、孝明は自然と嬌声が上がった。

「ん……ふっ……」

耀人の唇は薄い胸板の乳首に移り、しつこく吸い上げてくる。もう片方は手で弄られて、赤く腫れ上がってきた。両脚の間に差し込まれた彼の膝が、敏感な場所を擦ってくる。膝に翻弄されて跳ねる竿は、緩やかに勃起し、切っ先が湿りはじめた。

昂ぶった身体は今すぐにでも耀人に貪られたいと望んでいるが、孝明には不安があった。

彼を虜にしていたものは、もうなくなってしまったのだ。

「私に……うさぎの耳は……なくなったのに……いいのか？」

恐る恐る尋ねると、耀人は孝明の首筋に愛撫を施しながら、答えた。

「なに言ってるんです？　なくなったら今度こそうさぎの耳飾りをつけたらいいんですよ。本物じゃない方が俺には安心できます」

「そうなのか？　うさ耳は池田君にとって必要なものじゃなかったのか？」

「俺？　俺には必要ないですよ。課長がいう宣伝には必要だったかもしれませんけど」

「……」

「黙り込んで、どうしたんですか？」

口の愛撫を止めて、耀人は僅かに顔を上げる。だが、彼の手は孝明の雄を摑んだまま、刺激を与え続けている。問われたことに答えたいのに、断続的に走る快楽が思考を邪魔するのだ。

「……その、あれだ。君は……っあ……」

膝ではなく、櫂人の手に雄が握りしめられて、言葉が途切れた。彼の手は双球を揉み上げ刺激を与え、竿に蜜を送り込んでいる。このままだとあっという間に射精してしまう。

「さっき何を言おうとしたんですか？」

「私に……うさ耳がなくなったら……もう……池田君は私に興味がなくなる……あ——！」

竿を握り込まれて、膝から力が抜けそうになった。座り込まないよう孝明は櫂人にしがみついて身体を支えた。けれどそれは、事実を知るのが怖くて、彼に抱きついたといった方が正しい。そうしていれば、恐れていた答えに衝撃を受けても、意識を失うことなく立っていられる気がしたから。

「もしかして……俺が好きなのはうさぎの耳と尻尾だって勘違いしてるんですか？」

「違うの……か？」

確かめるのが怖くて彼を追い出したが、実はずっと知りたかった答えだった。

疑問はすぐに解決してきた。学業において疑問や問題を先送りにするということはなかった。何事もその日のうちに解決の糸口を見つけるようにしてきたからだ。

なのに恋愛において、そんな自分の性格がまるで機能しないことを思い知った。答えを見つけるより、櫂人を追い出すことで問題を先送りにし、孝明は逃げようとしたのだ。

ただ怖かったからだ。そして思い知る。

これが恋なのだ――と。

顔をそろりと上げると、櫂人の見つめる視線と合った。彼の目の中には火傷しそうなほどの情熱があって、その視線に晒されていると感じるだけでも、身震いしてしまう。

「違います。俺は……うさ耳と尻尾が生える前から……課長が好きなんです。うさぎ好きの課長を愛しているんです」

櫂人は思いのこもった声で、ゆっくり、はっきりと言った。なのに、孝明はすぐに信用できなかった。うさ耳はもうないが、すぐにフェロモンの効果が消えるとも思わなかったのだ。

「……ほ、本当か？　本当なのか？」

「だって俺、入社する前、『パンの王冠』に企業訪問したとき課長に会って、一目惚れしたんです。あのときうさ耳は生えてなかったですよ。あれからこの会社に入るためどれだけ努力したか……」

「会った記憶はないぞ」

「そりゃあ、そうですよ。すれ違っただけなんですから。俺は課長に見とれてて、声掛けられる状況じゃなかったし。もし一年目で内定もらえなかったら、就職浪人してもここに入社するつもりでした」

「就職浪人？　コネ入社の噂があるが……」

「入社はコネじゃないんですけど、所属部署の希望にコネを使わせてもらいました。ずるしてすみません。だって長谷川課長の部下としてどうしても働きたかったんです」

「……ど……どうしてそこまで……」

「だから言ってるでしょう。長谷川課長が好きだからですよ。俺の親父が大手銀行の頭取で……ここの会長と懇意にしてるんです。それで……俺、生まれて初めて親父に頭を下げました。どうしてもどうしても……課長の下で働きたかったんです」

「うさ耳フェロモンは……本当に……関係……なかったのか……」

「ないです」

きっぱり断言されて、孝明の心の中にずっと居座っていた不安が、ようやく溶けていった。

「俺……長谷川課長をこんなにも好きなのに……まだ分かってもらえないんですか？」

鼻先が触れ合うほどに近づいた櫂人の顔は、真剣そのものだった。

「好きです……大好きです……」

そう言って何度も、ついばむようなキスが落とされる。舌が絡むほど濃厚な口づけもいい。なのに物足りないはずの軽いキスに欲情している。

「あっ、東海林さんの言ってたこと……ようやく分かりました。うさぎのフェロモンの話はそういう意味だったんですね」

櫂人は一人で納得しつつ、孝明の雄を上下に扱いている。その切っ先は時折、櫂人の雄に触れる。その僅かな刺激にさえ、孝明は感じ入っていた。

だが快楽に流されずに、もう少し話がしたい。いまとても大切な話をしているからだ。

彼が好きだ。嫌われたくない。だから不安に思うことはすべて、いま解決しておきたい。今ならまだ引き返せるはず。何度も彼とは身体を重ねた。少しくらい我慢ができる。なのに、初めてではないはずなのに、孝明の身体はいつも以上に感じやすくなっていて、理性がもたなくなっていた。

彼があまりにも孝明のことを好きだと告げてくれるから。思いのこもった彼の言葉は疑いの余地のない、心にまっすぐ届くものだったから。

「手……手を……離して……くれ……」

「俺の手、嫌いじゃないでしょう？」

「あ……ああ……」

「我慢しないで、射精していいんですよ。俺の手で何度だって扱《しご》いてあげます。それとも口がいいですか？」

耳元で甘く囁かれて、孝明は自分の欲望がすべて見透かされているような気がして、身が竦んだ。

「手、それとも口？　課長……して欲しいことをきちんと言葉にしてください」

どちらでもいい。でも選ぶとしたら口かもしれない。彼の舌は温かく、そして素晴らしい刺激を与えてくれるからだ。けれど言葉にするのが恥ずかしい。

「……池田君。私は……その……」

「こういうときは櫂人って名前で呼んでくださいよ。俺も……孝明さんって呼びますから。あ、名前で呼んでいいですよね」

「かっ……構わない」

顔が耳まで赤く染まっているのが分かる。火で炙《あぶ》られているように熱く感じるからだ。うさぎの耳も尻尾がなくても、櫂人は孝明を求めてくれている。それがやけに嬉しい。

「だが……私は人間的欠陥があって……きっと……嫌いになる……」

「なんですか、それ」

「女性に……食事に誘われて出かけても……私には二度目がなかったんだ。きっと私は見た目で人を惹きつけても、中身は退屈なんだろう。君もきっと……飽き……っ！」

「俺は飽きません。それに……どうして二度目がないのか、俺、分かってますから」

櫂人はすべて理解したように意地悪な笑みを浮かべる。

「な……なぜだ……？」

「孝明さんがうさぎが好きすぎるってことですよ。でも……俺にはいくらでもうさぎの可愛らしさを語ってくれていいんです。俺……うさぎの好きな孝明さんが丸ごと全部好きだから……」

長年の疑問の答えを知ることができたのはいいが、その理由に孝明は穴があったら入りたい気分に陥っていた。確かにうさぎの話ばかりしていた気がする。孝明が誰かと話したいと思うのは、うさぎのこと以外なかったからかもしれない。

うさぎ好きの自分を表に出さなければ、誰かと付き合えたかもしれない。だが孝明からうさぎは切り離せないのだ。そんな自分を変えることはできない。だからうさぎ好きの自分を含めて、認めてくれる相手をずっと探していたのかもしれない。

それが櫂人だったのだ――。

「身体まで赤く染まってきましたね」

櫂人がクスッと笑う。彼の笑顔に背筋がぞくりとする。恥ずかしさと、愛おしさが混ざり合って、言葉が選べない。

「わ……私は……その……うさぎしか興味がなくて……いや、あの……」

いや、違う。いまは櫂人にも興味がある。興味も愛情も、すべてだ。それをどう言葉に載せて彼に伝えていいのか、分からない。

「うさぎの話、いくらでも聞きますよ。でもこれからは、少しずつで構わないので、俺にも興味を持ってもらえます？」

孝明は櫂人に腕を回したまま、まっすぐ彼を見据えて、言った。

「もう……もう、持ってるぞ……」

彼を今以上に知りたい。その強い想いが自分の中にある。櫂人が好きだ。嬉しいのに、何故か泣き出したくなるほど、胸が締め付けられている。

「なんだか俺……夢見てるみたいです。でも現実なのが嬉しいです」

孝明は言葉で返せず、頭を上下に振った。

「……そろそろ孝明さんのペニスをしゃぶっていいですか？」

「いっ……いい……ぞ」

そう言うと、櫂人は膝を突いて身をかがめると、孝明の雄を口に含んだ。すでに勃起していたそこは、彼の口いっぱいに広がっていた。

「あ……ああ……」

クチュクチュと音を立てられながら、櫂人は孝明の雄を口で抜き差し始めた。喉の奥まで誘われた雄はその刺激にさらに竿を太らせた。

開いた両脚が震える。見下ろすとフェラチオをしている櫂人と目が合った。挑むような強い視線に、身が焦がれる。さすがに彼の口に射精するのが怖くて、必死に我慢しているのだが、射精感はますます強くなっていた。

「あっ……駄目だ……出る……出てしまう……我慢できない……」

彼の頭を引きはがそうとして摑んだが、竿を軽く嚙まれその刺激に促されるよう、射精していた。

櫂人は乳を吸う動物のように、孝明の雄を口に含んだまま蜜を吸い続けた。

「はっ……は……あ……」

もう一滴も出ないだろうというくらいしつこく雄を吸い、櫂人はようやく口を離す。孝明が息を整えている中、唇についた蜜を大げさに舐め取って、赤い舌を見せつけた。あの舌は先ほどまで孝明の雄を舐め、しゃぶっていた。

孝明は喉が鳴った。

「別のところにも……欲しい……」

「分かってます」

櫂人はゆっくりと立ち上がると、孝明の右足を抱えて、壁に身体を押しつける。彼に見つめられて気分が高まり、身体の奥が疼いている。

「挿入時は少し痛むかも。洗面所にソープがあるので取って……」

孝明は櫂人の首に手を回し「構わない。今すぐ欲しい……」と告げた。

もう待てない。

身体を裂くような痛みに似た快楽を欲している。

「じゃあ、孝明さんの蜜で少し濡らして挿れますよ」

櫂人は孝明の雄についた蜜を自らの雄に塗りつけ、下から蕾を押し開いた。抱えられていない方の左足までその挿入の勢いで浮いた。

「ああ――っ！」

下から一気に突き上げられて、孝明は顎を仰け反らせるように声を上げた。櫂人は孝明に一切の余裕を与えず、抽挿を開始した。体重が下肢に掛かり、いつも以上に櫂人の雄が突き刺さっている。切っ先は恐ろしいほど奥を突いていて、内臓が押し上げられるような錯覚に陥った。

「あっ、あ……ああ……あ……」

壁に背が擦れて痛いが、それを上回る快楽が下肢から伝わっている。孝明を抱える櫂人は疲れも見せず、激しく腰を突き上げてきた。

最奥を突かれるたびに、勃起している自分の雄は上下に揺れ、切っ先から蜜を滲ませる。糸を引いて落ちていく蜜は、太ももや床を濡らしていた。

そのヌルリとした感触もまた、快楽に昇華されていた。

「俺のこと追い出さないでください。うさぎと同じように俺も可愛がってやってください」

「か……櫂人……」

喘ぎながら孝明は櫂人をかき抱いて、身体の隅々まで行き届く快楽に酔った。

我慢できずに迸る精液の先を、確かめる余裕もない。ただ、身体に満ちる快感を解放するかのように、自然と射精しているのだ。

彼の手はそこにないのに。中の刺激だけで何度も達して、蜜を迸らせる。

「あ……ああ……見ないでくれ……恥ずかしい……」

「全部見てますよ。俺の手の中でよがる孝明さんが……あまりにもまぶしくて……俺、好きすぎてどうにかなりそうです」

　耀人が愛おしくてたまらない。うさぎに対して抱いている愛情とは全く違う。彼は触れあえる肌を持っていて、話し合うこともできる。

　そう思った瞬間、かつて感じたことのない、優しく温かなものが、身体に満ちていくのを感じた。

「俺……これからも側にいていいですよね？」

　孝明は確かに人からも愛されたいと願ってきた。そして今、うさ耳がなくても彼は孝明を愛してくれている。彼はどんなものにも惑わされず、ただ、孝明を好きだと言ってくれるのだ。そんな相手は初めてだった。彼だけが孝明を理解し、愛してくれる。

「もちろんだ。これからも私の側にいて欲しい……ずっといてくれ……」

　そして続く、愛しているという言葉。

　耀人の雄が中で一回り大きくなり、抽挿の勢いも増す。目の前が次第に霞み始め、孝明は快楽の園へ落ちていった。

三日後、『うさみみ課長のパン』が発売された。

その日のうちに店頭から新商品は消え、すぐさま増産体制が取られた。また、拉致された孝明を追いかけるうさぎの着ぐるみ男の奇行が週刊誌で取り上げられ、さらに売り上げが伸びた。

妖怪パンほどの売り上げはまだ望めなかったが、孝明にとって上々の滑り出しだった。

うさぎブームが起こりつつある。それにはもう少し時間と幸運が必要かもしれない。

「課長、間を置かずうさぎシリーズを展開しましょう」

櫂人の言葉に孝明は頷いた。

うさぎの可愛らしさをこの世に広める。孝明の使命だ。今までは一人だったが、これからは違う。

「今度のうさみみパンは眼鏡はなしだからな」

櫂人は笑いもせずに言った。

「課長から眼鏡をなくすことができないように、うさみみ課長のパンには眼鏡が必要です。眼鏡は愛すべきアイテムなんです」

生真面目にそう答えた櫂人に、孝明は眼鏡を人差し指で正して、微笑した。

あとがき

はじめましての方も、すでにご存じの方も、こんにちは。あすかと申します。

今回はけも耳系にチャレンジしてみました。ふと、堅物サラリーマンの頭にうさぎの耳が生えたらおもしろいだろうな……と、いうところから始まりました。コメディタッチですが、ちょっぴり切なくなるようなお話を目指しました。

うさぎを人間より愛する課長と、そんな課長をひっくるめて好きになった新人君との恋です。周囲のキャラも個性的に揃えました。柊理《しゅり》のようなキャラが大好物なんですが、書き終わってみて、ラテン部長の啓司《けいじ》も意外と好きになってました。ちょっと踊らせてみたかったです。

本当は時間があればパン工場に見学に行きたかったのですが、そういうサービスを行っている製パン会社が近場になく断念しました。なので資料だけの知識になってしまったのが心残りです。いつか実際にパンができ上がるところまでの行程を見たいと思います。

実は小学生の頃、うさぎを飼っていたので、うさぎの描写をするたびに懐かしい気持ちになりました。やっぱりうさぎは可愛いです。

タイトルの『しっぽ』を漢字にするか、ひらがなにするか担当さんと悩みました。

尻尾を漢字で書くと、実はとてもエロいことに気づいたからです。最終的にひらがなになりました。ひらがなの『しっぽ』は字面も可愛いですよね。

イラストは陵《みささぎ》クミコ先生です。キャラフをいただいたとき、あまりにもイメージぴったりの二人に喜びの声を上げておりました。表紙も素敵で、何日も眺めてにやにやしておりました。

このたびは素敵なイラストをつけてくださりありがとうございました。そしてご迷惑をおかけしたこと、心からお詫びいたします。

担当様、今回は本当にギリギリ進行になってしまい、申し訳ありませんでした。かなり厳しいスケジュールだったのに、いつもおっとりした口調で、焦る私を励まして下さって本当に助かりました。

今回、最後までやり遂げられたのは、この作品に関わって下さったたくさんの方がギリギリまで協力してくださったおかげだと思います。心から感謝をしております。本当にありがとうございました。

こんな私ですが、これからもどうぞよろしくお願いします。

オフでは同人活動もしております。商業の番外編からまったくのオリジナルまで、様々な同人誌を作ってイベントに出たりしています。通販も行っておりますので、活動内容など知りたいと思ってくださる方がいらっしゃいましたら、申し訳ないのですが80円切手と宛名カードを同封してお送り下さい。

ペーパーや同人誌などの通販についてお知らせしたいと思います。

大きなイベントには「Angel Sugar」のサークル名で直参にて参加しています。

殺人級の分厚さの同人誌や商業番外などを出していますのでご興味をもたれましたら是非、お立ち寄り下さい。サイトの方でも（Angel Sugar　http://www3.kcn.ne.jp/~asu-ka/）いろいろな連載や企画、イベント参加の告知や新刊案内もしていますので遊びに来てやってくださいね。

作品を楽しんで頂けたことを心から願いつつ、また皆様にお会いできることを願っています。

ここまで読んでくださってありがとうございました。

あすか　拝

この本を読んでの
ご意見・ご感想を
お寄せ下さい。

〒151-0051
東京都渋谷区千駄ヶ谷4-9-7
(株)幻冬舎コミックス　リンクス編集部
「あすか先生」係／「陵《みささぎ》クミコ先生」係

リンクス ロマンス

うさミミ課長～魅惑のしっぽ～

2014年7月31日　第1刷発行

著者…………あすか
発行人…………伊藤嘉彦
発行元…………株式会社　幻冬舎コミックス
〒151-0051　東京都渋谷区千駄ヶ谷4-9-7
TEL 03-5411-6431（編集）
発売元…………株式会社　幻冬舎
〒151-0051　東京都渋谷区千駄ヶ谷4-9-7
TEL 03-5411-6222（営業）
振替00120-8-767643
印刷・製本所…株式会社　光邦
検印廃止

ISBN978-4-344-83176-6 C0293
Printed in Japan

幻冬舎コミックスホームページ　http://www.gentosha-comics.net